7 Melhores Contos Brasil

Tacet Books

7 Melhores Contos Brasil

Editado por
August Nemo

EDITOR August Nemo
CAPA E PROJETO GRÁFICO Mayra Falcini
MARKETING Horacio Corral

Dados Internacionais de Catalogação na Publicação (CIP)

Nemo, August (org)
N436 7 melhores contos - Brasil / August Nemo (org) – São Paulo, SP: Tacet Books, 2021.
82 p. : 14 x 21 cm

ISBN 978-65-991549-2-8

1. Literatura brasileira.

CDD 869

Tacet Books
Feito em silêncio
Para mentes barulhentas

www.tacetbooks.com
tacet.books@gmail.com

Sumário

Introdução

A literatura brasileira, considerando seu desenvolvimento baseada na língua portuguesa, faz parte do espectro cultural lusófono, sendo um desdobramento da literatura em língua portuguesa. Faz parte também da Literatura latino-americana, a única em língua portuguesa. Ela surgiu a partir da atividade literária incentivada pelos jesuítas após o descobrimento do Brasil durante o século XVI. Bastante ligada, de princípio, à literatura metropolitana, ela foi ganhando independência com o tempo, iniciando o processo durante o século XIX com os movimentos romântico e realista e atingido o ápice com a Semana de Arte Moderna em 1922, caracterizando-se pelo rompimento definitivo com as literaturas de outros países, formando-se, portanto, a partir do Modernismo e suas gerações as primeiras escolas de escritores verdadeiramente independentes.

Período colonial

O primeiro documento existente que possa ser considerado literatura brasileira é a Carta de Pero Vaz de Caminha, escrita por Pero Vaz de Caminha a Manuel I de Portugal e que continha uma descrição de como o território brasileiro parecia em 1500. O neoclassicismo foi difundido no Brasil durante a metade do século XVIII, seguindo o estilo italiano. A literatura era muitas vezes produzida por membros de academias temporárias ou semipermanentes e a maior parte do conteúdo era do gênero pastoral. O mais importante centro literário no Brasil colonial era a próspera região de Minas Gerais, conhecida por suas minas de ouro, onde o movimento protonacionalista da Inconfidência Mineira tinha começado. Os poetas mais importantes desta época eram Cláudio Manuel da Costa, Tomás António Gonzaga,

Alvarenga Peixoto e Manuel Inácio da Silva Alvarenga, todos eles envolvidos em uma revolta contra o poder colonial.

Romantismo

Neoclassicismo durou por um tempo anormalmente longo e acabou por sufocar a inovação e restringir a criação literária. Foi só em 1836 que o romantismo começou ao influenciar a poesia brasileira em larga escala, principalmente por meio dos esforços do poeta expatriado Gonçalves de Magalhães. Vários jovens poetas, como Casimiro de Abreu, começaram a fazer experiências com o novo estilo logo depois. Este período produziu algumas das primeiras obras-primas da literatura brasileira.

As principais características da literatura do então recém-nascido país era o exagero, o nacionalismo, a celebração da natureza e a introdução inicial da linguagem coloquial. A literatura romântica logo se tornou muito popular. Romancistas como Joaquim Manuel de Macedo, Manuel Antônio de Almeida e José de Alencar publicaram suas obras em forma de série em jornais e se tornaram celebridades nacionais.

Neste livro: A caolha por Júlia Lopes de Almeida.

Regionalismo

Regionalismo é uma corrente literária. No Brasil, está associada ao movimento do romantismo. Devido ao fato de a povoação do Brasil ter ocorrido em regiões distintas e distantes entre si (litoral nordestino, litoral fluminense e interior mineiro, por exemplo), o traço cultural de cada região influenciou o próprio desenvolvimento idiomático do português, ao longo da história. Em outras palavras, em cada região brasileira a língua portuguesa sofreu diferentes influências culturais, e por isto incorporou diferentes formas de expressão, o que aos poucos deu origem a diferentes dialetos, diferentes modos de expressar ou representar uma mesma ideia ou história, um mesmo sentimento ou conceito.

Neste livro: Contrabandista por João Simões Lopes Neto.

Realismo

O declínio do romantismo, juntamente com uma série de transformações sociais, ocorreu no país em meados do século XIX. Uma nova forma de prosa surge, incluindo a análise dos povos indígenas e a descrição do ambiente, nos autores regionalistas (como Franklin Távora e João Simões Lopes Neto). Sob a influência do naturalismo e de escritores como Émile Zola, Aluísio Azevedo escreveu O Cortiço, com personagens que representam todas as classes e categorias sociais da época. O realismo brasileiro não foi muito original em um primeiro momento, mas assumiu uma importância extraordinária por causa de escritores como Machado de Assis e Euclides da Cunha.

Talvez o mais importante escritor do realismo brasileiro tenha sido Machado de Assis (1839-1908). No início da carreira, ele escreveu vários romances famosos, como A Mão e a Luva e Ressurreição, que, apesar de seu romantismo exagerado, já mostram seu humor vivaz e seu pessimismo para com as convenções da sociedade. Depois de ser apresentado ao realismo, Machado de Assis mudou seu estilo e seus temas, produzindo algumas das mais notáveis prosas já escritas em língua portuguesa. O estilo serviu como meio para seu humor corrosivo e seu intenso pessimismo, que estava distante das concepções de seus contemporâneos. Assis também era poeta.

Neste livro: Pai contra mãe por Machado de Assis.

Pré-modernismo

O período entre 1895 e 1922 é chamado de pré-modernismo por estudiosos brasileiros, porque, apesar de não haver uma predominância clara de qualquer estilo literário, existiam algumas manifestações iniciais do modernismo. A era pré-moderna é curiosa, visto que a escola francesa do simbolismo não se popularizou, enquanto a maioria dos autores do realismo ainda mantiveram seus estilos e reputações anteriores (incluindo Machado de Assis e o poeta Olavo Bilac). Alguns autores dessa época, como Monteiro Lobato, Lima Barreto, Simões Lopes Neto e Augusto dos Anjos.

Neste livro: A Nova Califórnia por Lima Barreto; Negrinha por Monteiro Lobato.

Modernismo

O modernismo no Brasil começou com a Semana de Arte Moderna, em 1922: Geração 1922 era um apelido para os escritores Mário de Andrade, Oswald de Andrade, Manuel Bandeira, Cassiano Ricardo, Raul Bopp, Guilherme de Almeida, Antônio de Alcântara Machado e outros, os quais combinavam tendências nacionalistas com um interesse pelo modernismo europeu. Alguns novos movimentos como o surrealismo já eram importantes na Europa e começaram a se firmar no Brasil durante esse período.

Neste livro: Gaetaninho por Alcântara Machado

Os Autores

Joaquim Maria Machado de Assis (Rio de Janeiro, 21 de junho de 1839 – Rio de Janeiro, 29 de setembro de 1908) foi um escritor brasileiro, considerado um dos maiores senão o maior nome da literatura do Brasil.

Afonso Henriques de Lima Barreto, mais conhecido como Lima Barreto (Rio de Janeiro, 13 de maio de 1881 – Rio de Janeiro, 1 de novembro de 1922) foi um jornalista e escritor brasileiro

João Simões Lopes Neto (Pelotas, 9 de março de 1865 – Pelotas, 14 de junho de 1916), foi um escritor e empresário sul-rio-grandense e brasileiro. Segundo estudiosos e críticos de literatura, foi o maior autor regionalista do Rio Grande do Sul.

Júlia Valentim da Silveira Lopes de Almeida (Rio de Janeiro, 24 de setembro de 1862 – Rio de Janeiro, 30 de maio de 1934) foi uma escritora, cronista, teatróloga e abolicionista brasileira.

António Castilho de Alcântara Machado d'Oliveira (São Paulo, 25 de maio de 1901 - Rio de Janeiro, 14 de abril de 1935), mais conhecido como António de Alcântara Machado, foi um escritor modernista brasileiro.

José Bento Renato Monteiro Lobato (Taubaté, Província de São Paulo, 18 de abril de 1882 - cidade de São Paulo, São Paulo, 4 de julho de 1948) foi um escritor, ativista, diretor e produtor brasileiro.

Pai contra mãe

Machado de Assis

A escravidão levou consigo ofícios e aparelhos, como terá sucedido a outras instituições sociais. Não cito alguns aparelhos senão por se ligarem a certo ofício. Um deles era o ferro ao pescoço, outro o ferro ao pé; havia também a máscara de folha-de-flandres. A máscara fazia perder o vício da embriaguez aos escravos, por lhes tapar a boca. Tinha só três buracos, dois para ver, um para respirar, e era fechada atrás da cabeça por um cadeado. Com o vício de beber, perdiam a tentação de furtar, porque geralmente era dos vinténs do senhor que eles tiravam com que matar a sede, e aí ficavam dois pecados extintos, e a sobriedade e a honestidade certas. Era grotesca tal máscara, mas a ordem social e humana nem sempre se alcança sem o grotesco, e alguma vez o cruel. Os funileiros as tinham penduradas, à venda, na porta das lojas. Mas não cuidemos de máscaras.

O ferro ao pescoço era aplicado aos escravos fujões. Imaginai uma coleira grossa, com a haste grossa também à direita ou à esquerda, até ao alto da cabeça e fechada atrás com chave. Pesava, naturalmente, mas era menos castigo que sinal. Escravo que fugia assim, onde quer que andasse, mostrava um reincidente, e com pouco era pegado.

Há meio século, os escravos fugiam com frequência. Eram muitos, e nem todos gostavam da escravidão. Sucedia ocasionalmente apanharem pancada, e nem todos gostavam de apanhar pancada. Grande parte era apenas repreendida; havia alguém de casa que servia de padrinho, e o mesmo dono não era mau; além disso, o sentimento da propriedade moderava a ação, porque dinheiro também dói. A fuga repetia-se, entretanto. Casos houve, ainda que raros, em que o escravo de contrabando, apenas comprado no Valongo, deitava a correr, sem conhecer as ruas da cidade. Dos que seguiam para casa, não raro, apenas ladinos, pediam ao senhor que lhes marcasse aluguel, e iam ganhá-lo fora, quitandando.

Quem perdia um escravo por fuga dava algum dinheiro a quem lhe levasse. Punha anúncios nas folhas públicas, com os sinais do fugido, o nome, a roupa, o defeito físico, se o tinha, o bairro por onde andava e a quantia de gratificação. Quando não vinha a quantia, vinha promessa: "gratificar-se-á generosamente", - ou "receberá uma boa gratificação". Muita vez o anúncio trazia em cima ou ao lado uma vinheta, figura de preto, descalço, correndo, vara ao ombro, e na ponta uma trouxa. Protestava-se com todo o rigor da lei contra quem o acoutasse.

Ora, pegar escravos fugidios era um ofício do tempo. Não seria nobre, mas por ser instrumento da força com que se mantêm a lei e a propriedade, trazia esta outra nobreza implícita das ações reivindicadoras. Ninguém se metia em tal ofício por desfastio ou estudo; a pobreza, a necessidade de uma achega, a inaptidão para outros trabalhos, o acaso, e alguma vez o gosto de servir também, ainda que por outra via, davam o impulso ao homem que se sentia bastante rijo para pôr ordem à desordem.

Cândido Neves, - em família, Candinho, - é a pessoa a quem se liga a história de uma fuga, cedeu à pobreza, quando adquiriu o ofício de pegar escravos fugidos. Tinha um defeito grave esse homem, não aguentava emprego nem ofício, carecia de estabilidade; é o que ele chamava caiporismo. Começou por querer aprender tipografia, mas viu cedo que era preciso algum tempo para compor bem, e ainda assim talvez não ganhasse o bastante; foi o que ele disse a si mesmo. O comércio chamou-lhe a atenção, era carreira boa. Com algum esforço entrou de caixeiro para um armarinho. A obrigação, porém, de atender e servir a todos feria-o na corda do orgulho, e ao cabo de cinco ou seis semanas estava na rua por sua vontade. Fiel de cartório, contínuo de uma repartição anexa ao Ministério do Império, carteiro e outros empregos foram deixados pouco depois de obtidos.

Quando veio a paixão da moça Clara, não tinha ele mais que dívidas, ainda que poucas, porque morava com um primo, entalhador de ofício. Depois de várias tentativas para obter emprego, resolveu adotar o ofício do primo, de que aliás já tomara algumas lições. Não lhe custou apanhar outras, mas, querendo aprender depressa, aprendeu mal. Não fazia obras finas nem complicadas, apenas garras para sofás e relevos comuns para cadeiras. Queria ter em que trabalhar quando casasse, e o casamento não se demorou muito.

Contava trinta anos. Clara vinte e dois. Ela era órfã, morava com uma tia, Mônica, e cosia com ela. Não cosia tanto que não namorasse o seu pouco, mas os namorados apenas queriam matar o tempo; não tinham outro empenho. Passavam às tardes, olhavam muito para ela, ela para eles, até que a noite a fazia recolher para a costura. O que ela notava é que nenhum deles lhe deixava saudades nem lhe acendia desejos. Talvez nem soubesse o nome de muitos. Queria casar, naturalmente. Era, como lhe dizia a tia, um pescar de caniço, a ver se o peixe pegava, mas o peixe passava de longe; algum que parasse, era só para andar à roda da isca, mirá-la, cheirá-la, deixá-la e ir a outras.

O amor traz sobrescritos. Quando a moça viu Cândido Neves, sentiu que era este o possível marido, o marido verdadeiro e único. O encontro deu-se em um baile; tal foi - para lembrar o primeiro ofício do namorado, - tal foi a página inicial daquele livro, que tinha de sair mal composto e pior brochado. O casamento fez-se onze meses depois, e foi a mais bela festa das relações dos noivos. Amigas de Clara, menos por amizade que por inveja, tentaram arredá-la do passo que ia dar. Não negavam a gentileza do noivo, nem o amor que lhe tinha, nem ainda algumas virtudes; diziam que era dado em demasia a patuscadas.

- Pois ainda bem, replicava a noiva; ao menos, não caso com defunto.

- Não, defunto não; mas é que...

Não diziam o que era. Tia Mônica, depois do casamento, na casa pobre onde eles se foram abrigar, falou-lhes uma vez nos filhos possíveis. Eles queriam um, um só, embora viesse agravar a necessidade.

- Vocês, se tiverem um filho, morrem de fome, disse a tia à sobrinha.

- Nossa Senhora nos dará de comer, acudiu Clara.

Tia Mônica devia ter-lhes feito a advertência, ou ameaça, quando ele lhe foi pedir a mão da moça; mas também ela era amiga de patuscadas, e o casamento seria uma festa, como foi.

A alegria era comum aos três. O casal ria a propósito de tudo. Os mesmos nomes eram objeto de trocados, Clara, Neves, Cândido; não davam que comer, mas davam que rir, e o riso digeria-se sem esforço. Ela cosia agora mais, ele saía a empreitadas de uma cousa e outra; não tinha emprego certo.

Nem por isso abriam mão do filho. O filho é que, não sabendo daquele desejo específico, deixava-se estar escondido na eternidade. Um dia, porém, deu sinal de si a criança; varão ou fêmea, era o fruto abençoado que viria trazer ao casal a suspirada ventura. Tia Mônica ficou desorientada, Cândido e Clara riram dos seus sustos.

- Deus nos há de ajudar, titia, insistia a futura mãe.

A notícia correu de vizinha a vizinha. Não houve mais que espreitar a aurora do dia grande. A esposa trabalhava agora com mais vontade, e assim era preciso, uma vez que, além das costuras pagas, tinha de ir fazendo com retalhos o enxoval da criança. À força de pensar nela, vivia já com ela, media-lhe fraldas, cosia-lhe camisas. A porção era escassa, os intervalos longos. Tia Mônica ajudava, é certo, ainda que de má vontade.

- Vocês verão a triste vida, suspirava ela.

- Mas as outras crianças não nascem também? perguntou Clara.

- Nascem, e acham sempre alguma cousa certa que comer, ainda que pouco...

- Certa como?

- Certa, um emprego, um ofício, uma ocupação, mas em que é que o pai dessa infeliz criatura que aí vem gasta o tempo?

Cândido Neves, logo que soube daquela advertência, foi ter com a tia, não áspero, mas muito menos manso que de costume, e lhe perguntou se já algum dia deixara de comer.

- A senhora ainda não jejuou senão pela semana santa, e isso mesmo quando não quer jantar comigo. Nunca deixamos de ter o nosso bacalhau...

- Bem sei, mas somos três.

- Seremos quatro.

- Não é a mesma cousa.

- Que quer então que eu faça, além do que faço?

- Alguma cousa mais certa. Veja o marceneiro da esquina, o homem do armarinho, o tipógrafo que casou sábado, todos têm um emprego certo... Não fique zangado; não digo que você seja vadio, mas a ocupação que escolheu é vaga. Você passa semanas sem vintém.

- Sim, mas lá vem uma noite que compensa tudo, até de sobra. Deus não me abandona, e preto fugido sabe que comigo não brinca; quase nenhum resiste, muitos entregam-se logo.

Tinha glória nisto, falava da esperança como de capital seguro. Daí a pouco ria, e fazia rir à tia, que era naturalmente alegre, e previa uma patuscada no batizado.

Cândido Neves perdera já o ofício de entalhador, como abrira mão de outros muitos, melhores ou piores. Pegar escravos fugidos trouxe-lhe um encanto novo. Não obrigava a estar longas horas sentado. Só exigia força, olho vivo, paciência, coragem e um pedaço de corda. Cândido Neves lia os anúncios, copiava-os, metia-os no bolso e saía às pesquisas. Tinha boa memória. Fixados os sinais e os costumes de um escravo fugido, gastava pouco tempo em achá-lo, segurá-lo, amarrá-lo e levá-lo. A força era muita, a agilidade também. Mais de uma vez, a uma esquina, conversando de cousas remotas, via passar um escravo como os outros, e descobria logo que ia fugido, quem era, o nome, o dono, a casa deste e a gratificação; interrompia a conversa e ia atrás do vicioso. Não o apanhava logo, espreitava lugar azado, e de um salto tinha a gratificação nas mãos. Nem sempre saía sem sangue, as unhas e os dentes do outro trabalhavam, mas geralmente ele os vencia sem o menor arranhão.

Um dia os lucros entraram a escassear. Os escravos fugidos não vinham já, como dantes, meter-se nas mãos de Cândido Neves. Havia mãos novas e hábeis. Como o negócio crescesse, mais de um desempregado pegou em si e numa corda, foi aos jornais, copiou anúncios e deitou-se à caçada. No próprio bairro havia mais de um competidor. Quer dizer que as dívidas de Cândido Neves começaram de subir, sem aqueles pagamentos prontos ou quase prontos dos primeiros tempos. A vida fez-se difícil e dura. Comia-se fiado e mal; comia-se tarde. O senhorio mandava pelos aluguéis.

Clara não tinha sequer tempo de remendar a roupa ao marido, tanta era a necessidade de coser para fora. Tia Mônica ajudava a sobrinha, naturalmente. Quando ele chegava à tarde, via-se-lhe pela cara que não trazia vintém. Jantava e saía outra vez, à cata de algum fugido. Já lhe sucedia, ainda que raro, enganar-se de pessoa, e pegar em escravo fiel que ia a serviço de seu senhor; tal era a cegueira da necessidade. Certa vez capturou um preto livre; desfez-se em desculpas, mas recebeu grande soma de murros que lhe deram os parentes do homem.

- É o que lhe faltava! exclamou a tia Mônica, ao vê-lo entrar, e depois de ouvir narrar o equívoco e suas consequências. Deixe-se disso, Candinho; procure outra vida, outro emprego.

Cândido quisera efetivamente fazer outra cousa, não pela razão do conselho, mas por simples gosto de trocar de ofício; seria um modo de mudar de pele ou de pessoa. O pior é que não achava à mão negócio que aprendesse depressa.

A natureza ia andando, o feto crescia, até fazer-se pesado à mãe, antes de nascer. Chegou o oitavo mês, mês de angústias e necessidades, menos ainda que o nono, cuja narração dispenso também. Melhor é dizer somente os seus efeitos. Não podiam ser mais amargos.

- Não, tia Mônica! bradou Candinho, recusando um conselho que me custa escrever, quanto mais ao pai ouvi-lo. Isso nunca!

Foi na última semana do derradeiro mês que a tia Mônica deu ao casal o conselho de levar a criança que nascesse à Roda dos enjeitados. Em verdade, não podia haver palavra mais dura de tolerar a dois jovens pais que espreitavam a criança, para beijá-la, guardá-la, vê-la rir, crescer, engordar, pular... Enjeitar quê? enjeitar como? Candinho arregalou os olhos para a tia, e acabou dando um murro na mesa de jantar. A mesa, que era velha e desconjuntada, esteve quase a se desfazer inteiramente. Clara interveio.

- Titia não fala por mal, Candinho.

- Por mal? replicou tia Mônica. Por mal ou por bem, seja o que for, digo que é o melhor que vocês podem fazer. Vocês devem tudo; a carne e o feijão vão faltando. Se não aparecer algum dinheiro, como é que a família há de aumentar? E depois, há tempo; mais tarde, quando o senhor tiver a vida mais segura, os filhos que vierem serão recebidos com o mesmo cuidado que este ou maior. Este será bem criado, sem lhe faltar nada. Pois então a Roda é alguma praia ou monturo? Lá não se mata ninguém, ninguém morre à toa, enquanto que aqui é certo morrer, se viver à míngua. Enfim...

Tia Mônica terminou a frase com um gesto de ombros, deu as costas e foi meter-se na alcova. Tinha já insinuado aquela solução, mas era a primeira vez que o fazia com tal franqueza e calor, - crueldade, se preferes. Clara estendeu a mão ao marido, como a amparar-lhe o ânimo; Cândido Neves fez uma careta, e chamou maluca à tia, em voz baixa. A ternura dos dois foi interrompida por alguém que batia à porta da rua.

- Quem é? perguntou o marido.

- Sou eu.

Era o dono da casa, credor de três meses de aluguel, que vinha em pessoa ameaçar o inquilino. Este quis que ele entrasse.

- Não é preciso...

- Faça favor.

O credor entrou e recusou sentar-se; deitou os olhos à mobília para ver se daria algo à penhora; achou que pouco. Vinha receber os aluguéis vencidos, não podia esperar mais; se dentro de cinco dias não fosse pago, pô-lo-ia na rua. Não havia trabalhado para regalo dos outros. Ao vê-lo, ninguém diria que era proprietário; mas a palavra supria o que faltava ao gesto, e o pobre Cândido Neves preferiu calar a retorquir. Fez uma inclinação de promessa e súplica ao mesmo tempo. O dono da casa não cedeu mais.

- Cinco dias ou rua! repetiu, metendo a mão no ferrolho da porta e saindo.

Candinho saiu por outro lado. Nesses lances não chegava nunca ao desespero, contava com algum empréstimo, não sabia como nem onde, mas contava. Demais, recorreu aos anúncios. Achou vários, alguns já velhos, mas em vão os buscava desde muito. Gastou algumas horas sem proveito, e tornou para casa. Ao fim de quatro dias, não achou recursos; lançou mão de empenhos, foi a pessoas amigas do proprietário, não alcançando mais que a ordem de mudança.

A situação era aguda. Não achavam casa, nem contavam com pessoa que lhes emprestasse alguma; era ir para a rua. Não contavam com a tia. Tia Mônica teve arte de alcançar aposento para os três em casa de uma senhora velha e rica, que lhe prometeu emprestar os quartos baixos da casa, ao fundo da cocheira, para os lados de um pátio. Teve ainda a arte maior de não dizer nada aos dois, para que Cândido Neves, no desespero da crise começasse por enjeitar o filho e acabasse alcançando algum meio seguro e regular de obter dinheiro; emendar a vida, em suma. Ouvia as queixas de Clara, sem as repetir, é certo, mas sem as consolar. No dia em que fossem obrigados a deixar a casa, fá-los-ia espantar com a notícia do obséquio e iriam dormir melhor do que cuidassem.

Assim sucedeu. Postos fora da casa, passaram ao aposento de favor, e dois dias depois nasceu a criança. A alegria do pai foi enorme, e a tristeza também. Tia Mônica insistiu em dar a criança à Roda. "Se você não a quer levar, deixe isso comigo; eu vou à Rua dos Barbonos." Cândido Neves pediu que não, que esperasse, que ele mesmo a levaria. Notai que era um menino, e que ambos os pais desejavam justamente este sexo. Mal lhe deram algum leite; mas, como chovesse à noite, assentou o pai levá-lo à Roda na noite seguinte.

Naquela reviu todas as suas notas de escravos fugidos. As gratificações pela maior parte eram promessas; algumas traziam a soma escrita e escassa. Uma, porém, subia a cem mil-réis. Tratava-se de uma mulata; vinham indicações de gesto e de vestido. Cândido Neves andara a pesquisá-la sem melhor fortuna, e abrira mão do negócio; imaginou que algum amante da escrava a houvesse recolhido. Agora, porém, a vista nova da quantia e a necessidade dela animaram Cândido Neves a fazer um grande esforço derradeiro. Saiu de manhã a ver e indagar pela Rua e Largo da Carioca, Rua do Parto e da Ajuda, onde ela parecia andar, segundo o anúncio. Não a achou; apenas um farmacêutico da Rua da Ajuda se lembrava de ter vendido uma onça de qualquer droga, três dias antes, à pessoa que tinha os sinais indicados. Cândido Neves parecia falar como dono da escrava, e agradeceu cortesmente a notícia. Não foi mais feliz com outros fugidos de gratificação incerta ou barata.

Voltou para a triste casa que lhe haviam emprestado. Tia Mônica arranjara de si mesma a dieta para a recente mãe, e tinha já o menino para ser levado à Roda. O pai, não obstante o acordo feito, mal pôde esconder a dor do espetáculo. Não quis comer o que tia Mônica lhe guardara; não tinha fome, disse, e era verdade. Cogitou mil modos de ficar com o filho; nenhum prestava. Não podia esquecer o próprio albergue em que vivia. Consultou a mulher, que se mostrou resignada. Tia Mônica pintara-lhe a criação do menino; seria maior a miséria, podendo suceder que o filho achasse a morte sem recurso. Cândido Neves foi obrigado a cumprir a promessa; pediu à mulher que desse ao filho o resto do leite que ele beberia da mãe. Assim se fez; o pequeno adormeceu, o pai pegou dele, e saiu na direção da Rua dos Barbonos.

Que pensasse mais de uma vez em voltar para casa com ele, é certo; não menos certo é que o agasalhava muito, que o beijava, que cobria o rosto para preservá-lo do sereno. Ao entrar na Rua da Guarda Velha, Cândido Neves começou a afrouxar o passo.

- Hei de entregá-lo o mais tarde que puder, murmurou ele.

Mas não sendo a rua infinita ou sequer longa, viria a acabá-la; foi então que lhe ocorreu entrar por um dos becos que ligavam aquela à Rua da Ajuda. Chegou ao fim do beco e, indo a dobrar à direita, na direção do Largo da Ajuda, viu do lado oposto um vulto de mulher; era a mulata fugida. Não dou aqui a comoção de Cândido Neves por não podê-lo fazer com a intensidade real. Um adjetivo basta; digamos enorme. Descendo a mulher, desceu ele também; a poucos passos estava a farmácia onde obtivera a informação, que referi acima. Entrou, achou o farmacêutico, pediu-lhe a fineza de guardar a criança por um instante; viria buscá-la sem falta.

- Mas...

Cândido Neves não lhe deu tempo de dizer nada; saiu rápido, atravessou a rua, até ao ponto em que pudesse pegar a mulher sem dar alarma. No extremo da rua, quando ela ia a descer a de S. José, Cândido Neves aproximou-se dela. Era a mesma, era a mulata fujona.

- Arminda! bradou, conforme a nomeava o anúncio.

Arminda voltou-se sem cuidar malícia. Foi só quando ele, tendo tirado o pedaço de corda da algibeira, pegou dos braços da escrava, que ela compreendeu e quis fugir. Era já impossível. Cândido Neves, com as mãos robustas, atava-lhe os pulsos e dizia que andasse. A escrava quis gritar, parece que chegou a soltar alguma voz mais alta que de costume, mas entendeu logo que ninguém viria libertá-la, ao contrário. Pediu então que a soltasse pelo amor de Deus.

- Estou grávida, meu senhor! exclamou. Se Vossa Senhoria tem algum filho, peço-lhe por amor dele que me solte; eu serei tua escrava, vou servi-lo pelo tempo que quiser. Me solte, meu senhor moço!

- Siga! repetiu Cândido Neves.

- Me solte!

- Não quero demoras; siga!

Houve aqui luta, porque a escrava, gemendo, arrastava-se a si e ao filho. Quem passava ou estava à porta de uma loja, compreendia o que era e naturalmente não acudia. Arminda ia alegando que o senhor era muito mal, e provavelmente a castigaria com açoutes, - cousa que, no estado em que ela estava, seria pior de sentir. Com certeza, ele lhe mandaria dar açoutes.

- Você é que tem culpa. Quem lhe manda fazer filhos e fugir depois? perguntou Cândido Neves.

Não estava em maré de riso, por causa do filho que lá ficara na farmácia, à espera dele. Também é certo que não costumava dizer grandes cousas. Foi arrastando a escrava pela Rua dos Ourives, em direção à da Alfândega, onde residia o senhor. Na esquina desta a luta cresceu; a escrava pôs os pés à parede, recuou com grande esforço, inutilmente. O que alcançou foi, apesar de ser a casa próxima, gastar mais tempo em lá chegar do que devera. Chegou, enfim, arrastada, desesperada, arquejando. Ainda ali ajoelhou-se, mas em vão. O senhor estava em casa, acudiu ao chamado e ao rumor.

- Aqui está a fujona, disse Cândido Neves.

- É ela mesma.

- Meu senhor!

- Anda, entra...

Arminda caiu no corredor. Ali mesmo o senhor da escrava abriu a carteira e tirou os cem mil-réis de gratificação. Cândido Neves guardou as duas notas de cinquenta mil-réis, enquanto o senhor novamente dizia à escrava que entrasse. No chão, onde jazia, levada do medo e da dor, e após algum tempo de luta a escrava abortou.

O fruto de algum tempo entrou sem vida neste mundo, entre os gemidos da mãe e os gestos de desespero do dono. Cândido Neves viu todo esse espetáculo. Não sabia que horas eram. Quaisquer que fossem, urgia correr à Rua da Ajuda, e foi o que ele fez sem querer conhecer as consequências do desastre.

Quando lá chegou, viu o farmacêutico sozinho, sem o filho que lhe entregara. Quis esganá-lo. Felizmente, o farmacêutico explicou tudo a tempo; o menino estava lá dentro com a família, e ambos entraram. O pai recebeu o filho com a mesma fúria com que pegara a escrava fujona de há pouco, fúria diversa, naturalmente, fúria de amor. Agradeceu depressa e mal, e saiu às carreiras, não para a

Roda dos enjeitados, mas para a casa de empréstimo com o filho e os cem mil-réis de gratificação. Tia Mônica, ouvida a explicação, perdoou a volta do pequeno, uma vez que trazia os cem mil-réis. Disse, é verdade, algumas palavras duras contra a escrava, por causa do aborto, além da fuga. Cândido Neves, beijando o filho, entre lágrimas, verdadeiras, abençoava a fuga e não se lhe dava do aborto.

- Nem todas as crianças vingam, bateu-lhe o coração.

A Nova Califórnia

Lima Barreto

I

Ninguém sabia donde viera aquele homem. O agente do Correio pudera apenas informar que acudia ao nome de Raimundo Flamel, pois assim era subscrita a correspondência que recebia. E era grande. Quase diariamente, o carteiro lá ia a um dos extremos da cidade, onde morava o desconhecido, sopesando um maço alentado de cartas vindas do mundo inteiro, grossas revistas em línguas arrevesadas, livros, pacotes...

Quando Fabrício, o pedreiro, voltou de um serviço em casa do novo habitante, todos na venda perguntaram-lhe que trabalho lhe tinha sido determinado.

- Vou fazer um forno, disse o preto, na sala de jantar.

Imaginem o espanto da pequena cidade de Tubiacanga, ao saber de tão extravagante construção um forno na sala de jantar! E, pelos dias seguintes, Fabrício pôde contar que vira balões de vidros, facas sem corte, copos como os da farmácia - um rol de coisas esquisitas a se mostrarem pelas mesas e prateleiras como utensílios de uma cozinha em que o próprio diabo cozinhasse.

O alarme se fez na vila. Para uns, os mais adiantados, era um fabricante de moeda falsa; para outros, os crentes e simples, um tipo que tinha parte com o tinhoso.

Chico da Tirana, o carreiro, quando passava em frente da casa do homem misterioso, ao lado do carro a chiar, e olhava a chaminé da sala de jantar a fumegar, não deixava de persignar-se e rezar um "credo" em voz baixa; e, não fora a intervenção do farmacêutico, o delegado teria ido dar um cerco na casa daquele indivíduo suspeito, que inquietava a imaginação de toda uma população.

Tomando em consideração as informações de Fabrício, o boticário Bastos concluíra que o desconhecido devia ser um sábio, um grande químico, refugiado ali para mais sossegadamente levar avante os seus trabalhos científicos.

Homem formado e respeitado na cidade, vereador, médico também, porque o doutor Jerônimo não gostava de receitar e se fizera sócio da farmácia para mais em paz viver, a opinião de Bastos levou tranquilidade a todas as consciências e fez com que a população cercasse de uma silenciosa admiração à pessoa do grande químico, que viera habitar a cidade.

De tarde, se o viam a passear pela margem do Tubiacanga, sentando-se aqui e ali, olhando perdidamente as águas claras do riacho, cismando diante da penetrante melancolia do crepúsculo, todos se descobriram e não era raro que às "boas noites" acrescentassem "doutor". E tocava muito o coração daquela gente a profunda simpatia com que ele tratava as crianças, a maneira pela qual as contemplava, parecendo apiedar-se de que eles tivessem nascido para sofrer e morrer.

Na verdade era de ver-se, sob a doçura suave da tarde, a bondade de Messias com que ele afagava aquelas crianças pretas, tão lisas de pele e tão tristes de modo, mergulhadas no seu cativeiro moral, e também as brancas, de pele baça, gretada e áspera, vivendo amparadas na necessária caquexia dos trópicos.

Por vezes, vinha-lhe vontade de pensar qual a razão de ter Bernardim de Saint-Pierre gasto toda a sua ternura com Paulo e Virgínia e esquecer-se dos escravos que os cercavam...

Em poucos dias a admiração pelo sábio era quase geral, e não o era unicamente porque havia alguém que não tinha em grande conta os méritos do novo habitante.

Capitão Pelino, mestre-escola e redator da Gazeta de Tubiacanga, órgão local e filiado ao partido situacionista embirrava com o sábio. "Vocês hão de ver, dizia ele, quem é esse tipo... Um caloteiro, um aventureiro ou talvez um ladrão fugido do Rio."

A sua opinião em nada se baseava, ou antes, baseava-se no seu oculto despeito vendo na terra um rival para a fama de sábio de que gozava. Não que Pelino fosse químico, longe disso; mas era sábio, era gramático. Ninguém escrevia em Tubiacanga que não levasse bordoada do Capitão Pelino, e mesmo quando se falava em algum homem notável lá no Rio, ele não deixava de dizer: "Não há dúvida! O homem tem talento, mas escreve: "um outro", "de resto" ... E contraía os lábios como se tivesse engolido alguma coisa amarga.

Toda a vila de Tubiacanga acostumou-se a respeitar o solene Pelino, que corrigia e emendava as maiores glórias nacionais. Um sábio...

Ao entardecer, depois de ler um pouco o Sotero, o Cândido de Figueiredo ou o Castro Lopes, e de ter passado mais uma vez a tintura nos cabelos, o velho mestre-escola saía vagarosamente de casa, muito abotoado no seu paletó de brim mineiro, e encaminhava-se para a botica do Bastos a dar dois dedos de prosa. Conversar é um modo de dizer, porque era Pelino avaro de palavras, limitando-se tão somente a ouvir. Quando, porém, dos lábios de alguém escapava a menor incorreção de linguagem, intervinha e emendava. "Eu asseguro, dizia o agente do correio, que..." Por aí o mestre-escola intervinha com mansuetude evangélica: "Não diga 'asseguro' Senhor Bernardes; em português é garanto."

E a conversa continuava depois da emenda, para ser de novo interrompida por uma outra. Por essas e outras, houve muitos palestradores que se afastaram, mas Pelino, indiferente, seguro dos seus deveres, continuava o seu apostolado de vernaculismo. A chegada do sábio veio distraí-lo um pouco da sua missão. Todo o seu esforço voltava-se agora para combater aquele rival, que surgia tão inopinadamente.

Foram vãs as suas palavras e a sua eloquência: não só Raimundo Flamel pagava em dias as suas contas, como era generoso - pai da pobreza - e o farmacêutico vira numa revista de específicos seu nome citado como químico de valor.

II

Havia já anos que o químico vivia em Tubiacanga, quando, uma bela manhã, Bastos o viu entrar pela botica adentro. O prazer do farmacêutico foi imenso. O sábio não se dignara até aí visitar fosse quem fosse e, certo dia, quando o sacristão Orestes ousou penetrar em sua casa, pedindo-lhe uma esmola para a futura festa de Nossa Senhora da Conceição, foi com visível enfado que ele o recebeu e atendeu.

Vendo-o, Bastos saiu de detrás do balcão, correu a recebê-lo com a mais perfeita demonstração de quem sabia com quem tratava e foi quase em uma exclamação que disse:

- Doutor, seja bem-vindo.

O sábio pareceu não se surpreender nem com a demonstração de respeito do farmacêutico, nem com o tratamento universitário. Docemente, olhou um instante a armação cheia de medicamentos e respondeu:

- Desejava falar-lhe em particular, senhor Bastos.

O espanto do farmacêutico foi grande. Em que poderia ele ser útil ao homem, cujo nome corria mundo e de quem os jornais falavam com tão acendrado respeito? Seria dinheiro? Talvez... Um atraso no pagamento das rendas, quem sabe? E foi conduzindo o químico para o interior da casa, sob o olhar espantado do aprendiz que, por um momento, deixou a "mão" descansar no gral, onde macerava uma tisana qualquer.

Por fim, achou ao fundo, bem no fundo, o quartinho que lhe servia para exames médicos mais detidos ou para as pequenas operações, porque Bastos também operava. Sentaram-se e Flamel não tardou a expor:

- Como o senhor deve saber, dedico-me à química, tenho mesmo um nome respeitado no mundo sábio...

- Sei perfeitamente, doutor, mesmo tenho disso informado, aqui, aos meus amigos.

- Obrigado. Pois bem: fiz uma grande descoberta, extraordinária... Envergonhado com o seu entusiasmo, o sábio fez uma pausa e depois continuou:

- Uma descoberta..., Mas não me convém, por ora, comunicar ao mundo sábio, compreende? - Perfeitamente.

- Por isso precisava de três pessoas conceituadas que fossem testemunhas de uma experiência dela e me dessem um atestado em forma, para resguardar a prioridade da minha invenção... O senhor sabe: há acontecimentos imprevistos e...

- Certamente! Não há dúvida!

- Imagine o senhor que se trata de fazer ouro...

- Como? O quê? fez Bastos, arregalando os olhos.

- Sim! Ouro! disse, com firmeza, Flamel.

- Como?

- O senhor saberá, disse o químico secamente. A questão do momento são as pessoas que devem assistir a experiência, não acha?

- Com certeza, é preciso que os seus direitos fiquem resguardados, porquanto...

- Uma delas, interrompeu o sábio, é o senhor; as outras duas, o Senhor Bastos fará o favor de indicar-me.

O boticário esteve um instante a pensar, passando em revista os seus conhecimentos e, ao fim de uns três minutos, perguntou:

- O Coronel Bentes lhe serve? Conhece?

- Não. O senhor sabe que não me dou com ninguém aqui.

- Posso garantir-lhe que é homem sério, rico e muito discreto.

- É religioso? Faço-lhe esta pergunta, acrescentou Flamel logo, porque temos que lidar com ossos de defunto e só estes servem...

- Qual! É quase ateu...

- Bem! Aceito. E o outro?

Bastos voltou a pensar e dessa vez demorou-se um pouco mais consultando a sua memória... Por fim, falou:

- Será o Tenente Carvalhais, o coletor, conhece?

- Como já lhe disse...

- É verdade. É um homem de confiança, sério, mas...

- Que é que tem?

- É maçom.

- Melhor.

- E quando é?

- Domingo. Domingo, os três irão lá em casa assistir a experiência e espero que não me recusarão as suas firmas para autenticar a minha descoberta.

- Está tratado.

Domingo, conforme prometeram, as três pessoas respeitáveis de Tubiacanga foram à casa de Flamel, e, dias depois, misteriosamente, ele desaparecia sem deixar vestígios ou explicação para o seu desaparecimento.

Tubiacanga era uma pequena cidade de três ou quatro mil habitantes, muito pacífica, em cuja estação, de onde em onde, os expressos davam a honra de parar. Há cinco anos não se registrava nela um furto ou roubo. As portas e janelas só eram usadas... porque o Rio as usava.

O único crime notado em seu pobre cadastro fora um assassinato por ocasião das eleições municipais; mas, atendendo que o assassino era do partido do governo, e a vítima da oposição, o acontecimento em nada alterou os hábitos da cidade, continuando ela a exportar o seu café e a mirar as suas casas baixas e acanhadas nas escassas águas do pequeno rio que a batizara.

Mas qual não foi a surpresa dos seus habitantes quando se veio a verificar nela um dos repugnantes crimes de que se tem memória! Não se tratava de um esquartejamento ou parricídio: não era o assassinato de uma família inteira ou um assalto à coletoria; era coisa pior, sacrílega aos olhos de todas as religiões e consciências: violavam-se as sepulturas do "Sossego", do seu cemitério, do seu campo-santo.

Em começo, o coveiro julgou que fossem cães, mas, revistando bem o muro, não encontrou senão pequenos buracos. Fechou-os; foi inútil. No dia seguinte, um jazigo perpétuo arrombado e os ossos saqueados; no outro, um carneiro e uma sepultura rasa. Era gente ou demônio. O coveiro não quis mais continuar as pesquisas por sua conta, foi ao subdelegado e a notícia espalhou-se pela cidade.

A indignação na cidade tomou todas as feições e todas as vontades. A religião da morte precede todas e certamente será a última a morrer nas consciências. Contra a profanação, clamaram os seis presbiterianos do lugar - os bíblicos, como lhes chama o povo; clamava o Agrimensol Nicolau, antigo cadete, e positivista do rito Teixeira Mendes; clamava o Major Camanho, presidente da Loja Nova Esperança; clamavam o turco Miguel Abudala, negociante de armarinho, e o cético Belmiro, antigo estudante, que vivia ao deus-dará, bebericando parati nas tavernas. A própria filha do engenheiro residente da estrada de ferro, que vivia desdenhando aquele lugarejo, sem notar sequer os suspiros dos apaixonados locais - sempre esperando que o expresso trouxesse um príncipe a desposá-la -, a linda e desdenhosa Cora não pôde deixar de compartilhar da indignação e do horror que tal ato provocara em todos do lugarejo. Que tinha ela com o túmulo de antigos escravos e humildes roceiros? Em que podia interessar aos seus lindos olhos pardos o destino de tão humildes ossos? Porventura o furto deles perturbaria o seu sonho de fazer radiar a beleza de sua boca, dos seus olhos e do seu busto nas calçadas do Rio?

Decerto, não; mas era a Morte, a Morte implacável e onipotente, de que ela também se sentia escrava, e que não deixaria um dia de levar a sua linda caveirinha para a paz eterna do cemitério. Aí Cora queria os seus ossos sossegados, quietos e comodamente descansando num caixão bem feito e num túmulo seguro, depois de ter sido a sua carne encanto e prazer dos vermes...

O mais indignado, porém, era Pelino. O professor deitara artigo de fundo, imprecando, bramindo, gritando: "Na história do crime, dizia ele, já bastante rica de fatos repugnantes, como sejam: o esquartejamento de Maria de Macedo, o estrangulamento dos irmãos Fuoco, não se registra um que o seja tanto como o saque às sepulturas do 'Sossego'."

E a vila vivia em sobressalto. Nas faces não se lia mais paz; os negócios estavam paralisados; os namoros suspensos. Dias e dias por sobre as casas pairavam nuvens negras e, à noite, todos ouviam ruídos, gemidos, barulhos sobrenaturais... Parecia que os mortos pediam vingança...

O saque, porém, continuava. Toda noite eram duas, três sepulturas abertas e esvaziadas de seu fúnebre conteúdo. Toda a população resolveu ir em massa guardar os ossos dos seus maiores. Foram cedo, mas, em breve, cedendo à fadiga e ao sono, retirou-se um, depois outro e, pela madrugada, já não havia nenhum vigilante. Ainda nesse dia o coveiro verificou que duas sepulturas tinham sido abertas e os ossos levados para destino misterioso.

Organizaram então uma guarda. Dez homens decididos juraram perante o delegado vigiar durante a noite a mansão dos mortos.

Nada houve de anormal na primeira noite, na segunda e na terceira; mas, na quarta, quando os vigias já se dispunham a cochilar, um deles julgou lobrigar um vulto esgueirando-se por entre a quadra dos carneiros. Correram e conseguiram apanhar dois dos vampiros. A raiva e a indignação, até aí sopitadas no ânimo deles, não se contiveram mais e deram tanta bordoada nos macabros ladrões, que os deixaram estendidos como mortos.

A notícia correu logo de casa em casa e, quando, de manhã, se tratou de estabelecer a identidade dos dois malfeitores, foi diante da população inteira que foram neles reconhecidos o Coletor Carvalhais e o Coronel Bentes, rico fazendeiro e presidente da Câmara. Este último ainda vivia e, a perguntas repetidas que lhe fizeram, pôde dizer que juntava os ossos para fazer ouro e o companheiro que fugira era o farmacêutico.

Houve espanto e houve esperanças. Como fazer ouro com ossos? Seria possível? Mas aquele homem rico, respeitado, como desceria ao papel de ladrão de mortos se a coisa não fosse verdade!

Se fosse possível fazer, se daqueles míseros despojos fúnebres se pudesse fazer alguns contos de réis, como não seria bom para todos eles!

O carteiro, cujo velho sonho era a formatura do filho, viu logo ali meios de consegui-la. Castrioto, o escrivão do juiz de paz, que no ano passado conseguiu comprar uma casa, mas ainda não a pudera cercar, pensou no muro, que lhe devia proteger a horta e a criação. Pelos olhos do sitiante Marques, que andava desde anos atrapalhado para arranjar um pasto, pensou logo no prado verde do Costa, onde os seus bois engordariam e ganhariam forças...

Às necessidades de cada um, aqueles ossos que eram ouro viriam atender, satisfazer e felicitá-los; e aqueles dois ou três milhares de pessoas, homens, crianças, mulheres, moços e velhos, como se fossem uma só pessoa, correram à casa do farmacêutico.

A custo, o delegado pôde impedir que varejassem a botica e conseguir que ficassem na praça, à espera do homem que tinha o segredo de todo um Potosi. Ele não tardou a aparecer. Trepado a uma cadeira, tendo na mão uma pequena barra de ouro que reluzia ao forte sol da manhã, Bastos pediu graça, prometendo que ensinaria o segredo se lhe poupassem a vida. "Queremos já sabê-lo," gritaram. Ele então explicou que era preciso redigir a receita, indicar a marcha do processo, os reativos - trabalho longo que só poderia ser entregue impresso no dia seguinte. Houve um murmúrio, alguns chegaram a gritar, mas o subdelegado falou e responsabilizou-se pelo resultado.

Docilmente, com aquela doçura particular às multidões furiosas, cada qual se encaminhou para a casa, tendo na cabeça um único pensamento: arranjar imediatamente a maior porção de ossos de defunto que pudesse.

O sucesso chegou à casa do engenheiro residente da estrada de ferro. Ao jantar, não se falou em outra coisa. O doutor concatenou o que ainda sabia do seu curso, e afirmou que era impossível. Isto era alquimia, coisa morta: ouro é ouro, corpo simples, e osso é osso, um composto, fosfato de cal. Pensar que se podia fazer de uma coisa outra era "besteira". Cora aproveitou para rir-se petropolimente da crueldade daqueles botocudos; mas sua mãe, Dona Emília, tinha fé que a coisa era possível.

À noite, porém, o doutor percebendo que a mulher dormia, saltou a janela e correu em direitura ao cemitério; Cora, de pés nus, com as chinelas nas mãos, procurou a criada para irem juntas à colheita de ossos. Não a encontrou, foi sozinha; e Dona Emília, vendo-se só, adivinhou o passeio e lá foi também. E assim aconteceu na cidade inteira. O pai, sem dizer ao filho, saía; a mulher, julgando enganar o marido, saía; os filhos, as filhas, os criados - toda a população, sob a luz das estrelas assombradas, correu ao satânico rendez-vous no "Sossego". E ninguém faltou. O mais rico e o mais pobre lá estavam. Era o turco Manoel, era o professor Pelino, o Doutor Jerônimo, o Major Camanho, Cora, a linda e deslumbrante Cora, com seus dedos de alabastro, revolvia a sânie das sepulturas, arrancava as carnes, ainda podres agarradas tenazmente aos ossos e deles enchia o seu regaço até ali inútil. Era o dote que colhia e as suas narinas, que se abriam em asas rosadas e quase transparentes, não sentiam o fétido dos tecidos apodrecidos em lama fedorenta...

A desinteligência não tardou a surgir; os mortos eram poucos e não bastavam para satisfazer a fome dos vivos. Houve facadas, tiros, cachações. Pelino esfaqueou o turco por causa de um fêmur e mesmo entre famílias questões surgiram. Unicamente, o carteiro e o filho não brigaram. Andaram juntos e de acordo e houve uma vez que o pequeno, uma esperta criança de onze anos, até aconselhou o pai: "Papai vamos aonde está mamãe; ela era tão gorda..."

De manhã, o cemitério tinha mais mortos do que aqueles que recebera em trinta anos de existência. Uma única pessoa lá não estivera, não matara nem profanara sepulturas: fora o bêbado Belmiro.

Entrando assim numa venda, meio aberta, e nela não encontrando ninguém, enchera uma garrafa de parati e se deixara ficar a beber sentado na margem do Tubiacanga, vendo escorrer mansamente as suas águas sobre o áspero leito de granito - ambos, ele e o rio, indiferentes ao que já viram, mesmo à fuga do farmacêutico, com seu Potosi e o seu segredo, sob o dossel eterno das estrelas.

Dentro da Noite

João do Rio

Então causou sensação?

– Tanto mais quanto era inexplicável. Tu amavas a Clotilde, não? Ela coitadita! parecia louca por ti e os pais estavam radiantes de alegria. De repente, súbita transformação. Tu desapareces, a família fecha os salões como se estivesse de luto pesado. Clotilde chora... Evidentemente havia um mistério, uma dessas coisas capazes de fazer os espíritos imaginosos arquitetarem dramas horrendos. Por felicidade, o juízo geral é contra o teu procedimento.

– Contra mim?

Podia ser contra a pureza da Clotilde.

Graças aos deuses, porém, é contra ti. Eu mesmo concordaria com o Prates que te chama velhaco, se não viesse encontrar o nosso Rodolfo, agora, às onze da noite, por tamanha intempérie metido num trem de subúrbio com o ar desvairado...

– Eu tenho o ar desvairado?

– Absolutamente desvairado.

– Vê-se?

– É claro. Pobre amigo! Então, sofreste muito? Conta lá. Estás pálido, suando apesar da temperatura fria, e com um olhar tão estranho, tão esquisito. Parece que bebeste e que choraste. Conta lá. Nunca pensei encontrar o Rodolfo Queirós, o mais elegante artista desta terra, num trem de subúrbio, às onze de uma noite de temporal. É curioso. Ocultas os pesares nas matas suburbanas? Estás a fazer passeios de vício perigoso?

O trem rasgara a treva num silvo alanhante, e de novo cavalava sobre os trilhos. Um sino enorme ia com ele badalando, e pelas portinholas do vagão viam-se, a marginar a estrada, as luzes das casas ainda abertas, os silvedos empapados d'água e a chuva lastimável a tecer o seu infindável véu de lágrimas. Percebi então que o sujeito gordo da banqueta próxima - o que falava mais - dizia para o outro:

– Mas como tremes, criatura de Deus! Estás doente?

O outro sorriu desanimado.

– Não; estou nervoso, estou com a maldita crise.

E como o gordo esperasse:

– Oh! meu caro, o Prates tem razão! E teve razão a família de Clotilde e tens razão tu cujo olhar é de assustada piedade. Sou um miserável desvairado, sou um infame desgraçado.

– Mas que é isto, Rodolfo?

– Que é isto! É o fim, meu bom amigo, é o meu fim. Não há quem não tenha o seu vício, a sua tara, a sua brecha. Eu tenho um vício que é positivamente a loucura. Luto, resisto, grito, debato-me, não quero, não quero, mas o vício vem vindo a rir, toma-me a mão, faz-me inconsciente, apodera-se de mim. Estou com a crise. Lembras-te da Jeanne Dambreuil quando se picava com morfina? Lembras-te do João Guedes quando nos convidava para as fumeries de ópio? Sabiam ambos que acabavam a vida e não podiam resistir. Eu quero resistir e não posso. Estás a conversar com um homem que se sente doido.

– Tomas morfina, agora? Foi o desgosto decerto...

O rapaz que tinha o olhar desvairado perscrutou o vagão. Não havia ninguém mais - a não ser eu, e eu dormia profundamente... Ele então aproximou-se do sujeito gordo, numa ânsia de explicações.

– Foi de repente, Justino. Nunca pensei! Eu era um homem regular, de bons instintos, com uma família honesta. Ia casar com a Clotilde, ser de bondade a que amava perdidamente. E uma noite estávamos no baile das Praxedes, quando a Clotilde apareceu decotada, com os braços nus. Que braços! Eram delicadíssimos, de uma beleza ingênua e comovedora, meio infantil, meio mulher - a beleza dos braços das Oreadas pintadas por Botticelli, misto de castidade mística e de alegria pagã. Tive um estremecimento. Ciúmes? Não. Era um estado que nunca se apossara de mim: a vontade de tê-los só para os meus olhos, de beijá-los, de acariciá-los, mas principalmente de fazê-los sofrer. Fui ao encontro da pobre rapariga fazendo um enorme esforço, porque o meu desejo era agarrar-lhe os braços, sacudi-los, apertá-los com toda a força, fazer-lhes manchas negras, bem negras, feri-los... Por quê? Não sei, nem eu mesmo sei - uma nevrose! Essa noite passei-a numa agitação incrível. Mas contive-me. Contive-me dias, meses, um longo tempo, com pavor do que poderia acontecer O desejo, porém, ficou, cresceu, brotou, enraizou-se na minha pobre alma. No primeiro instante, a minha vontade era bater-lhe com pesos, brutalmente. Agora a grande vontade era de espetá-los, de enterrar-lhes longos alfinetes, de cosê-los devagarinho, a picadas. E junto de Clotilde, por mais compridas que trouxesse as mangas, eu via esses braços nus como na primeira noite, via a sua forma grácil e suave, sentia a finura da pele e imaginava o súbito estremeção quando pudesse enterrar o primeiro alfinete, escolhia posições, compunha o prazer diante daquele susto de carne que havia de sentir.

– Que horror!

– Afinal, uma outra vez, encontrei-a na sauterie da viscondessa de Lajes, com um vestido em que as mangas eram de gaze. Os seus braços - oh! que braços, Justino, que braços! - estavam quase nus. Quando Clotilde erguia-os, parecia uma ninfa que fosse se metamorfoseando em anjo. No canto da varanda, entre as roseiras, ela disse-me: "Rodolfo, que olhar o seu. Está zangado?" Não foi possível reter o desejo que me punha a tremer, rangendo os dentes. - "Oh! não! fiz. Estou apenas com vontade de espetar este alfinete no seu braço." Sabes como é pura a Clotilde. A pobrezita olhou-me assustada, pensou, sorriu com tristeza: - "Se não quer que eu mostre os braços por que não me disse há mais tempo, Rodolfo? Diga, é isso que o faz zangado?" - "É, é isso, Clotilde." E rindo - como esse riso devia parecer idiota! - continuei: "É preciso pagar ao meu ciúme a sua dívida de sangue. Deixe espetar o alfinete." – "Está louco, Rodolfo?" – "Que tem?" – "Vai fazer-me doer" – "Não dói." – "E o sangue?" – "Beberei essa gota de sangue como a ambrosia do esquecimento." E dei por mim, quase de joelhos, implorando, suplicando, inventando frases, com um gosto de sangue na boca e as fontes a bater, a bater... Clotilde por fim estava atordoada, vencida, não compreendendo bem se devia ou não resistir Ah! meu caro, as mulheres! Que estranho fundo de bondade, de submissão, de desejo, de dedicação inconsciente tem uma pobre menina! Ao cabo de um certo tempo, ela curvou a cabeça, murmurou num suspiro: "Bem. Rodolfo, faça..., mas devagar, Rodolfo! Há de doer tanto!". E os seus dois braços tremiam.

Tirei da botoeira da casaca um alfinete, e nervoso, nervoso como se fosse amar pela primeira vez, escolhi o lugar, passei a mão, senti a pele macia e enterrei-o. Foi como se fisgasse uma pétala de camélia, mas deu-me um gozo complexo de que participavam todos os meus sentidos. Ela teve um ah! de dor, levou o lenço ao sítio picado, e disse, magoadamente: "Mau!"

– Ah! Justino, não dormi. Deitado, a delícia daquela carne que sofrera por meu desejo, a sensação do aço afundando devagar no braço da minha noiva, dava-me espasmos de horror! Que prazer tremendo! E apertando os varões da cama, mordendo a travesseira, eu tinha a certeza de que dentro de mim rebentara a moléstia incurável. Ao mesmo tempo em que forçava o pensamento a dizer: nunca mais farei essa infâmia! todos os meus nervos latejavam: voltas amanhã; tens que gozar de novo o supremo prazer! Era o delírio, era a moléstia, era o meu horror.

Houve um silêncio. O trem corria em plena treva, acordando os campos com o desesperado badalar da máquina. O sujeito gordo tirou a carteira e acendeu uma cigarreta.

– Caso muito interessante, Rodolfo. Não há dúvida de que é uma degeneração sexual, mas o altruísmo de S. Francisco de Assis também é degeneração e o amor de Santa Tereza não foi outra coisa. Sabes que Rousseau tinha pouco mais ou menos esse mal? É mais um tipo a enriquecer a série enorme dos discípulos do marquês de Sade. Um homem de espírito já definiu o sadismo: a depravação intelectual do assassinato. É um Jack hiper civilizado, contenta-se com enterrar alfinetes nos braços. Não te assustes.

O outro resfolegava, com a cabeça entre as mãos.

– Não rias, Justino. Estás a tecer paradoxos diante de uma criatura já do outro lado da vida normal. E lúgubre.

– Então continuaste?

– Sim, continuei, voltei, imediatamente. No dia seguinte, à noitinha, estava em casa de Clotilde, e com um desejo louco, desvairado. Nós conversávamos na sala de visitas. Os velhos ficavam por ali a montar guarda. Eu e a Clotilde íamos para o fundo, para o sofá. Logo ao entrar tive o instinto de que podia praticar a minha infâmia na penumbra da sala, enquanto o pai conversasse. Estava tão agitado que o velho exclamou: – "Parece, Rodolfo, que vieste a correr para não perder a festa."

Eu estava louco, apenas. Não poderás nunca imaginar o caos da minha alma naqueles momentos em que estive a seu lado no sofá, o maelstrom de angústias, de esforços, de desejos, a luta da razão e do mal, o mal que eu senti saltar-me à garganta, tomar-me a mão, ir agir, ir agir... Quando ao cabo de alguns minutos acariciei-lhe na sombra o braço, por cima da manga, numa carícia lenta que subia das mãos para os ombros, entre os dedos senti que já tinha o alfinete, o alfinete pavoroso. Então fechei os olhos, encolhi-me, encolhi-me e finquei. Ela estremeceu, suspirou. Eu tive logo um relaxamento de nervos, uma doce acalmia. Passara a crise com a satisfação, mas sobre os meus olhos os olhos de Clotilde se fixaram enormes e eu vi que ela compreendia vagamente tudo, que ela descobria o seu infortúnio e a minha infâmia. Como era nobre, porém! Não disse uma palavra. Era a desgraça. Que se havia de fazer?...

Então depois, Justino, sabes? foi todo o dia. Não lhe via a carne, mas sentia-a marcada, ferida. Cosi-lhe os braços! Por último perguntava: - "Fez sangue, ontem?" E ela pálida e triste, num suspiro de rola: "Fez"... Pobre Clotilde! A que ponto eu chegara, na necessidade de saber se doera bem, se ferira bem, se estragara bem! E no quarto, à noite, vinham-me grandes pavores súbitos ao pensar no casamento porque sabia que se a tivesse toda havia de picar-lhe a carne virginal nos braços, no dorso, nos seios... Justino, que tristeza!...

De novo a voz calou-se. O trem continuava aos solavancos na tempestade, e pareceu-me ouvir o rapaz soluçar. O outro, porém estava interessado e indagou:

– Mas então como te saíste?

– Em um mês ela emagreceu, perdeu as cores. Os seus dois olhos negros ardiam aumentados pelas olheiras roxas. Já não tinha risos. Quando eu chegava, fechava-se no quarto, no desejo de espaçar a hora do tormento. Era a mãe que a ia buscar. "Minha filha, o Rodolfo chegou. Avia-te." E ela de dentro: "Já vou, mãe". Que dor eu tinha quando a via aparecer sem uma palavra! Sentava-se à janela, consertava as flores da jarra, hesitava, até que sem forças vinha tombar a meu lado, no sofá, como esses pobres pássaros que as serpentes fascinam. Afinal, há dois meses, uma criada viu-lhe os braços, deu o alarme. Clotilde foi interrogada, confessou tudo numa onda de soluços. Nessa mesma tarde recebi uma carta seca do velho desfazendo o compromisso e falando em crimes que estão com penas no código.

– E fugiste?

– Não fugi; rolei, perdi-me. Nada mais resta do antigo Rodolfo. Sou outro homem, tenho outra alma, outra voz, outras ideias. Assisto-me endoidecer Perder a Clotilde foi para mim o soçobramento total. Para esquecê-la percorri os lugares de má fama, aluguei por muito dinheiro a dor das mulheres infames, frequentei alcouces. Até aí o meu perfil foi dentro em pouco o terror As mulheres apontavam-me a sorrir, mas um sorriso de medo, de horror.

A pedir, a rogar um instante de calma eu corria às vezes ruas inteiras da Suburra, numa enxurrada de apodos. Esses entes querem apanhar do amante, sofrem lanhos na fúria do amor, mas tremem de nojo assustado diante do ser que pausadamente e sem cólera lhes enterra alfinetes. Eu era ridículo e pavoroso. Dei então para agir livremente, ao acaso, sem dar satisfações, nas desconhecidas. Gozo agora nos tramways, nos music-halls, nos comboios dos caminhos de ferro, nas ruas. E muito mais simples. Aproximo-me, tomo posição, enterro sem dó o alfinete. Elas gritam, às vezes. Eu peço desculpa. Uma já me esbofeteou. Mas ninguém descobre se foi proposital. Gosto mais das magras, as que parecem doentes.

A voz do desvairado tomara-se metálica, outra.

De novo, porém a envolveu um tremor assustado.

– Quando te encontrei, Justino, vinha a acompanhar uma rapariga magrinha. Estou com a crise, estou... O teu pobre amigo está perdido, o teu pobre amigo vai ficar louco...

De repente, num entrechocar de todos os vagões o comboio parou. Estávamos numa estação suja, iluminada vagamente. Dois ou três empregados apareceram com lanternas rubras e verdes. Apitos trilaram. Nesse momento, uma menina loira com um guarda-chuva a pingar, apareceu, espiou o vagão, caminhou para outro, entrou. O rapaz pôs-se de pé logo.

– Adeus.

– Saltas aqui?

– Salto.

– Mas que vais fazer?

– Não posso, deixa-me! Adeus!

Saiu, hesitou um instante. De novo os apitos trilaram. O trem teve um arranco. O rapaz apertou a cabeça com as duas mãos como se quisesse reter um irresistível impulso. Houve um silvo. A enorme massa resfolegando rangeu por sobre os trilhos. O rapaz olhou para os lados, consultou a botoeira, correu para o vagão onde desaparecera a menina loira. Logo o comboio partiu. O homem gordo recolheu a sua curiosidade, mais pálido, fazendo subir a vidraça da janela. Depois estendeu-se na banqueta. Eu estava incapaz de erguer-me, imaginando ouvir a cada instante um grito doloroso no outro vagão, no que estava a menina loira. Mas o comboio rasgara a treva com o outro silvo, cavalgando os trilhos vertiginosamente. Através das vidraças molhadas viam-se numa correria fantástica as luzes das casas ainda abertas, as sebes empapadas d'água sob a chuva torrencial. E à frente, no alto da locomotiva, como o rebate do desespero, o enorme sino reboava, acordando a noite, enchendo a treva de um clamor de desgraça e de delírio.

Contrabandista

João Simões Lopes Neto

Batia nos noventa anos o corpo magro, mas sempre teso do Jango Jorge, um que foi capitão duma maloca de contrabandistas que fez cancha nos banhados do Ibirocaí.

Esse gaúcho desabotinado levou a existência inteira a cruzar os campos da fronteira: à luz do sol, no desmaiado da lua, na escuridão das noites, na cerração das madrugadas...; ainda que chovesse reiúnos acolherados ou que ventasse como por alma de padre, nunca errou vau, nunca perdeu atalho, nunca desandou cruzada!...

Conhecia as querências, pelo faro: aqui era o cheiro do açouta-cavalo florescido, lá o dos trevais, o das guabirobas rasteiras, do capim-limão; pelo ouvido: aqui, cancha de graxains, lá os pastos que ensurdecem ou estalam no casco do cavalo; adiante, o chape-chape, noutro ponto, o areão. Até pelo gosto ele dizia a parada, porque sabia onde estavam águas salobres e águas leves, com sabor de barro ou sabendo a limo.

Tinha vindo das guerras do outro tempo; foi um dos que peleou na batalha de Ituzaingo; foi do esquadrão do general José de Abreu. E sempre que falava no Anjo da Vitória ainda tirava o chapéu, numa braçada larga, como se cumprimentasse alguém de muito respeito, numa distância muito longe.

Foi sempre um gaúcho quebralhão, e despilchado sempre, por ser muito de mãos abertas.

Se numa mesa de primeira ganhava uma ponchada de balastracas, reunia a gurizada da casa, fazia – pi! pi! pi! pi! – como pra galinhas e semeava as moedas, rindo-se do formigueiro que a miuçalha formava, catando as pratas no terreiro.

Gostava de sentar um laçaço num cachorro, mas desses laçaços de apanhar da paleta à virilha, e puxado a valer, tanto, que o bicho que o tomava, ficando entupido de dor, e lombeando-se, depois de disparar um pouco é que gritava, num – caim! caim! caim! – de desespero.

Outras vezes dava-me para armar uma jantarola, e sobre o fim do festo, quando já estava tudo meio entropigaitado, puxava por uma ponta da toalha e lá vinha, de tirão seco, toda a traquitanda dos pratos e copos e garrafas e restos de comidas e caldas dos doces!...

Depois garganteava a chuspa e largava as onças pras unhas do bolicheiro, que aproveitava o vento e le echaba cuentas de gran capitán...

Era um pagodista!

Aqui há poucos anos – coitado! – pousei no arranchamento dele. Casado ou doutro jeito, estava afamilhado. Não nos víamos desde muito tempo.

A dona da casa era uma mulher mocetona ainda, bem parecida e mui prazenteira; de filhos, uns três matalotes já emplumados e uma mocinha – pro caso, uma moça –, que era o – santo-antoninho-onde-te-porei! – daquela gente toda.

E era mesmo uma formosura; e prendada, mui habilidosa; tinha andado na escola e sabia botar os vestidos esquisitos das cidadãs da vila.

E noiva, casadeira, já era.

E deu o caso, que quando eu pousei, foi justo pelas vésperas do casamento; estavam esperando o noivo e o resto do enxoval dela.

O noivo chegou no outro dia; grande alegria; começaram os aprontamentos, e como me convidaram com gosto, fiquei pro festo.

O Jango Jorge saiu na madrugada seguinte, para ir buscar o tal enxoval da filha.

Aonde, não sei; parecia-me que aquilo devia ser feito em casa, à moda antiga, mas, como cada um manda no que é seu...

Fiquei verdeando, à espera, e fui dando um ajutório na matança dos leitões e no tiramento dos assados com couro.

Nesta terra do Rio Grande sempre se contrabandeou, desde em antes da tomada das Missões.

Naqueles tempos o que se fazia era sem malícia, e mais por divertir e acoquinar as guardas do inimigo:

uma partida de guascas montava a cavalo, entrava na Banda Oriental e arrebanhava uma ponta grande de eguariços, abanava o poncho e vinha a meia rédea; apartava-se a potrada e largava-se o resto; os de lá faziam conosco a mesma cousa; depois era com gados, que se tocava a trote e galope, abandonando os assoleados.

Isto se fazia por despique dos espanhóis e eles se pagavam desquitando-se do mesmo jeito.

Só se cuidava de negacear as guardas do Cerro Largo, em Santa Tecla, do Haedo... O mais, era várzea!

Depois veio a guerra das Missões; o governo começou a dar sesmarias e uns quantíssimos pesados foram-se arranchando por essas campanhas desertas. E cada um tinha que ser um rei pequeno... e aguentar-se com as balas, as lunares e os chifarotes que tinha em casa!...

Foi o tempo do manda-quem-pode!... E foi o tempo que o gaúcho, o seu cavalo e o seu facão, sozinhos, conquistaram e defenderam estes pagos!

Quem governava aqui o continente era um chefe que se chamava o capitão-general; ele dava as sesmarias, mas não garantia o pelego dos sesmeiros...

Vancê tome tenência e vá vendo como as cousas, por si mesmas, se explicam.

Naquela era, a pólvora era do el-rei nosso senhor e só por sua licença é que algum particular graúdo podia ter em casa um polvarim...

Também só na vila de Porto Alegre é que havia baralho de jogar, que eram feitos só na fábrica do rei nosso senhor, e havia fiscal, sim senhor, das cartas de jogar, e ninguém podia comprar senão dessas!

Por esses tempos antigos também o tal rei nosso senhor mandou botar pra fora os ourives da vila do Rio Grande e acabar com os lavrantes e prendistas dos outros lugares desta terra, só pra dar flux aos reinóis...

Agora imagine vancê se a gente lá de dentro podia andar com tantas etiquetas e pedindo louvado pra se defender, pra se divertir e pra luxar!... O tal rei nosso senhor, não se enxergava, mesmo!...

E logo com quem!... Com a gauchada!...

Vai então, os estancieiros iam em pessoa ou mandavam ao outro lado, nos espanhóis, buscar pólvora e balas, pras pederneiras, cartas de jogo e prendas de ouro pras mulheres e preparos de prata pros arreios... e ninguém pagava dízimos dessas cousas.

Às vezes lá voava pelos ares um cargueiro, com cangalhas e tudo, numa explosão da pólvora; doutras uma partida de milicianos saia de atravessado e tomava conta de tudo, a coice d'arma: isto foi ensinando a escaramuçar com os golas-de-couro.

Nesse serviço foram-se aficionando alguns gaúchos: recebiam as encomendas e pra aproveitar a monção e não ir com os cargueiros debalde, levavam baeta, que vinha do reino, e fumo em corda, que vinha da Baía, e algum porrão de canha. E faziam trocas, de elas por elas, quase.

Os paisanos das duas terras brigavam, mas os mercadores sempre se entendiam...

Isto veio mais ou menos assim até a guerra dos Farrapos; depois vieram as califórnias do Chico Pedro; depois a guerra do Rosas.

Aí inundou-se a fronteira da província de espanhóis e gringos emigrados.

A cousa então mudou de figura. A estrangeirada era mitrada, na regra, e foi quem ensinou a gente de cá a mergulhar e ficar de cabeça enxuta...; entrou nos homens a sedução de ganhar barato: bastava ser campeiro e destorcido. Depois, andava-se empandilhado, bem armado; podia-se às vezes dar um vareio nos milicos, ajustar contas com algum devedor de desaforos, aporrear algum subdelegado abelhudo...

Não se lidava com papéis nem contas de cousas: era só levantar os volumes, encangalhar, tocar e entregar!...

Quanta gauchagem leviana aparecia, encostava-se.

Rompeu a guerra do Paraguai.

O dinheiro do Brasil ficou muito caro: uma onça de ouro, que corria por trinta e dois, chegou a valer quarenta e seis mil réis!... Imagine o que a estrangeirada bolou nas contas!...

Começou-se a cargueirear de um tudo: panos, águas de cheiro, armas, minigâncias, remédios, o diabo a quatro!... Era só pedir por boca!

Apareceram também os mascates de campanha, com baús encangalhados e canastras, que passavam pra lá vazios e voltavam cheios, desovar aqui...

Polícia pouca, fronteira aberta, direitos de levar couro e cabelo e nas coletarias umas papeladas cheias de benzeduras e rabioscas...

Ora... ora!... Passar bem, paisano!... A semente grelou e está a árvore ramalhuda, que vancê sabe, do contrabando de hoje.

O Jango Jorge foi maioral nesses estropícios. Desde moço. Até a hora da morte. Eu vi.

Como disse, na madrugada véspera do casamento o Jango Jorge saiu para ir buscar o enxoval da filha.

Passou o dia; passou a noite.

No outro dia, que era o do casamento, até de tarde, nada.

Havia na casa uma gentama convidada; da vila, vizinhos, os padrinhos, autoridades, moçada. Havia de se dançar três dias!... Corria o amargo e copinhos de licor de butiá.

Roncavam cordeonas no fogão, violas na ramada, uma caixa de música na sala.

Quase ao entrar do sol a mesa estava posta, vergando ao peso dos pratos enfeitados.

A dona da casa, por certo traquejada nessas bolandinas do marido, estava sossegada, ao menos ao parecer.

Às vezes mandava um dos filhos ver se o pai aparecia, na volta da estrada, encoberta por uma restinga fechada de arvoredo.

Surdiu dum quarto o noivo, todo no trinque, de colarinho duro e casaco de rabo. Houve caçoadas, ditérios, elogios.

Só faltava a noiva; mas essa não podia aparecer, por falta do seu vestido branco, dos seus sapatos brancos, do seu véu branco, das suas flores de laranjeira, que o pai fora buscar e ainda não trouxera.

As moças riam-se; as senhoras velhas cochichavam.

Entardeceu.

Nisto correu voz que a noiva estava chorando: fizemos uma algazarra e ela – tão boazinha! – veio à porta do quarto, bem penteada, ainda num vestidinho de chita de andar em casa, e pôs-se a rir pra nós, pra mostrar que estava contente.

A rir, sim, rindo na boca, mas também a chorar lágrimas grandes, que rolavam devagar dos olhos pestanudos...

E rindo e chorando estava, sem saber por que... sem saber por que, rindo e chorando, quando alguém gritou do terreiro:

– Aí vem o Jango Jorge, com mais gente!...

Foi um vozerio geral; a moça, porém ficou, como estava, no quadro da porta, rindo e chorando, cada vez menos sem saber por que... pois o pai estava chegando e o seu vestido branco, o seu véu, as suas flores de noiva...

Era já fusco-fusco. Pegaram a acender as luzes.

E nesse mesmo tempo parava no terreiro a comitiva; mas num silêncio, tudo.

E o mesmo silêncio foi fechando todas as bocas e abrindo todos os olhos.

Então vimos os da comitiva descerem de um cavalo o corpo entregue de um homem, ainda de pala enfiado...

Ninguém perguntou nada, ninguém informou de nada; todos entenderam tudo...; que a festa estava acabada e a tristeza começada...

Levou-se o corpo pra sala da mesa, para o sofá enjeitado, que ia ser o trono dos noivos. Então um dos chegados disse:

– A guarda nos deu em cima... tomou os cargueiros... E mataram o capitão, porque ele avançou sozinho pra mula ponteira e suspendeu um pacote que vinha solto... e ainda o amarrou no corpo... Aí foi que o crivaram de bala.... parado... Os ordinários!... Tivemos que brigar, pra tomar o corpo!

A sia-dona mãe da noiva levantou o balandrau do Jango Jorge e desamarrou o embrulho; e abriu-o.

Era o vestido branco da filha, os sapatos brancos, o véu branco, as flores de laranjeira...

Tudo numa plastada de sangue... tudo manchado de vermelho, toda a alvura daquelas cousas bonitas como que bordada de cobrado, num padrão esquisito, de feitios estrambólicos... como flores de cardo solferim esmagadas a casco de bagual!...

Então rompeu o choro na casa toda.

A caolha

Júlia Lopes de Almeida

A caolha era uma mulher magra, alta, macilenta, peito fundo, busto arqueado, braços compridos, delgados, largos nos cotovelos, grossos nos pulsos; mãos grandes, ossudas, estragadas pelo reumatismo e pelo trabalho; unhas grossas, chatas e cinzentas, cabelo crespo, de uma cor indecisa entre o branco sujo e o louro grisalho, desse cabelo cujo contato parece dever ser áspero e espinhento; boca descaída, numa expressão de desprezo, pescoço longo, engelhado, como o pescoço dos urubus; dentes falhos e cariados.

O seu aspecto infundia terror às crianças e repulsão aos adultos; não tanto pela sua altura e extraordinária magreza, mas porque a desgraçada tinha um defeito horrível: haviam lhe extraído o olho esquerdo; a pálpebra descera mirrada, deixando, contudo, junto ao lacrimal, uma fístula continuamente porejante.

Era essa pinta amarela sobre o fundo denegrido da olheira, era essa destilação incessante de pus que a tornava repulsiva aos olhos de toda gente.

Morava numa casa pequena, paga pelo filho único, operário numa fábrica de alfaiate; ela lavava a roupa para os hospitais e dava conta de todo o serviço da casa inclusive cozinha. O filho, enquanto era pequeno, comia os pobres jantares feitos por ela, às vezes até no mesmo prato; à proporção que ia crescendo, ia-se a pouco e pouco manifestando na fisionomia a repugnância por essa comida; até que um dia, tendo já um ordenadozinho, declarou à mãe que, por conveniência do negócio, passava a comer fora...

Ela fingiu não perceber a verdade, e resignou-se.

Daquele filho vinha-lhe todo o bem e todo o mal.

Que lhe importava o desprezo dos outros, se o seu filho adorado lhe pagasse com um beijo todas as amarguras da existência?

Um beijo dele era melhor que um dia de sol, era a suprema carícia para o triste coração de mãe! Mas... os beijos foram escasseando também, com o crescimento do Antonico! Em criança ele apertava-a nos braços e enchia-lhe a cara de beijos; depois, passou a beijá-la só na face direita, aquela onde não havia vestígios de doença; agora, limitava-se a beijar-lhe a mão!

Ela compreendia tudo e calava-se.

O filho não sofria menos.

Quando em criança entrou para a escola pública da freguesia, começaram logo os colegas, que o viam ir e vir com a mãe, a chamá-lo - o filho da caolha.

Aquilo exasperava-o; respondia sempre:

- Eu tenho nome!

Os outros riam e chacoteavam-no; ele se queixava aos mestres, os mestres ralhavam com os discípulos, chegavam mesmo a castigá-los - mas a alcunha pegou. Já não era só na escola que o chamavam assim.

Na rua, muitas vezes, ele ouvia de uma ou outra janela dizerem: o filho da caolha! Lá vai o filho da caolha! Lá vem o filho da caolha!

Eram as irmãs dos colegas, meninas novas, inocentes e que, industriadas pelos irmãos, feriam o coração do pobre Antonico cada vez que o viam passar!

As quitandeiras, onde iam comprar as goiabas ou as bananas para o lanche, aprenderam depressa a denominá-lo como os outros, e, muitas vezes, afastando os pequenos que se aglomeravam ao redor delas, diziam, estendendo uma mancheia de araçás, com piedade e simpatia:

- Taí, isso é para o filho da caolha!

O Antonico preferia não receber o presente a ouvi-lo acompanhar de tais palavras; tanto mais que os outros, com inveja, rompiam a gritar, cantando em coro, num estribilho já combinado:

- Filho da caolha, filho da caolha!

O Antonico pediu à mãe que não o fosse buscar à escola; e muito vermelho, contou-lhe a causa; sempre que o viam aparecer à porta do colégio os companheiros murmuravam injúrias, piscavam os olhos para o Antonico e faziam caretas de náuseas.

A caolha suspirou e nunca mais foi buscar o filho.

Aos onze anos o Antonico pediu para sair da escola: levava a brigar com os condiscípulos, que o intrigavam e malqueriam. Pediu para entrar para uma oficina de marceneiro. Mas na oficina de marceneiro aprenderam depressa a chamá-lo - o filho da caolha, a humilhá-lo, como no colégio.

Além de tudo, o serviço era pesado e ele começou a ter vertigens e desmaios. Arranjou então um lugar de caixeiro de venda: os seus colegas agruparam-se à porta, insultando-o, e o vendeiro achou prudente mandar o caixeiro embora, tanto que a rapaziada ia-lhe dando cabo do feijão e do arroz expostos à porta nos sacos abertos! Era uma contínua saraivada de cereais sobre o pobre Antonico!

Depois disso passou um tempo em casa, ocioso, magro, amarelo, deitado pelos cantos, dormindo às moscas, sempre zangado e sempre bocejante! Evitava sair de dia e nunca, mas nunca, acompanhava a mãe; esta poupava-o: tinha medo de que o rapaz, num dos desmaios, lhe morresse nos braços, e por isso nem sequer o repreendia! Aos dezesseis anos, vendo-o mais forte, pediu e obteve-lhe, a caolha, um lugar numa oficina de alfaiate. A infeliz mulher contou ao mestre toda a história do filho e suplicou-lhe que não deixasse os aprendizes humilhá-lo; que os fizesse terem caridade!

Antonico encontrou na oficina uma certa reserva e silêncio da parte dos companheiros; quando o mestre dizia: sr. Antonico, ele percebia um sorriso mal oculto nos lábios dos oficiais; mas a pouco e pouco essa suspeita, ou esse sorriso, se foi desvanecendo, até que principiou a sentir-se bem ali.

Decorreram alguns anos e chegou a vez de Antonico se apaixonar. Até aí, numa ou outra pretensão de namoro que ele tivera, encontrara sempre uma resistência que o desanimava, e que o fazia retroceder sem grandes mágoas. Agora, porém, a coisa era diversa: ele amava! Amava como um louco a linda moreninha da esquina fronteira, uma rapariguinha adorável, de olhos negros como veludos e boca fresca como um botão de rosa. O Antonico voltou a ser assíduo em casa e expandia-se mais carinhosamente com a mãe; um dia, em que viu os olhos da morena fixarem os seus, entrou como um louco no quarto da caolha e beijou-a mesmo na face esquerda, num transbordamento de esquecida ternura!

Aquele beijo foi para a infeliz uma inundação de júbilo! Tornara a encontrar o seu querido filho! Pôs-se a cantar toda a tarde, e nessa noite, ao adormecer, dizia consigo:

- Sou muito feliz... o meu filho é um anjo!

Entretanto, o Antonico escrevia, num papel fino, a sua declaração de amor à vizinha. No dia seguinte mandou-lhe cedo a carta. A resposta fez-se esperar. Durante muitos dias Antonico perdia-se em amarguradas conjecturas.

Ao princípio pensava: - É o pudor.

Depois começou a desconfiar de outra causa; por fim recebeu uma carta em que a bela moreninha confessava consentir em ser sua mulher, se ele se separasse completamente da mãe! Vinham explicações confusas, mal alinhavadas: lembrava a mudança de bairro; ele ali era muito conhecido por filho da caolha, e bem compreendia que ela não se poderia sujeitar a ser alcunhada em breve de - nora da caolha, ou coisa semelhante!

O Antonico chorou! Não podia crer que a sua casta e gentil moreninha tivesse pensamentos tão práticos!

Depois o seu rancor se voltou para a mãe.

Ela era a causadora de toda a sua desgraça! Aquela mulher perturbara a sua infância, quebrara-lhe todas as carreiras, e agora o seu mais brilhante sonho de futuro sumia-se diante dela! Lamentava-se por ter nascido de mulher tão feia, e resolveu procurar meio de separar-se dela; iria considerar-se humilhado continuando sob o mesmo teto; havia de protegê-la de longe, vindo de vez em quando vê-la à noite, furtivamente...

Salvava assim a responsabilidade do protetor e, ao mesmo tempo, consagraria à sua amada a felicidade que lhe devia em troca do seu consentimento e amor...

Passou um dia terrível; à noite, voltando para casa levava o seu projeto e a decisão de o expor à mãe.

A velha, agachada à porta do quintal, lavava umas panelas com um trapo engordurado. O Antonico pensou: "Ao dizer a verdade eu havia de sujeitar minha mulher a viver em companhia de... uma tal criatura?" Estas últimas palavras foram arrastadas pelo seu espírito com verdadeira dor. A caolha levantou para ele o rosto, e o Antonico, vendo-lhe o pus na face, disse:

- Limpe a cara, mãe...

Ela sumiu a cabeça no avental; ele continuou:

- Afinal, nunca me explicou bem a que é devido esse defeito!

- Foi uma doença, - respondeu sufocadamente a mãe - é melhor não lembrar isso!

- E é sempre a sua resposta: é melhor não lembrar isso! Por quê?

- Porque não vale a pena; nada se remedeia...

- Bem! Agora escute: trago-lhe uma novidade. O patrão exige que eu vá dormir na vizinhança da loja... já aluguei um quarto; a senhora fica aqui e eu virei todos os dias saber da sua saúde ou se tem necessidade de alguma coisa... É por força maior; não temos remédio senão sujeitar-nos!...

Ele, magrinho, curvado pelo hábito de costurar sobre os joelhos, delgado e amarelo como todos os rapazes criados à sombra das oficinas, onde o trabalho começa cedo e o serão acaba tarde, tinha lançado naquelas palavras toda a sua energia, e espreitava agora a mãe com um olhar desconfiado e medroso.

A caolha se levantou e, fixando o filho com uma expressão terrível, respondeu com doloroso desdém:

- Embusteiro! O que você tem é vergonha de ser meu filho! Saia! Que eu também já sinto vergonha de ser mãe de semelhante ingrato!

O rapaz saiu cabisbaixo, humilde, surpreso da atitude que assumira a mãe, até então sempre paciente e cordata; ia com medo, maquinalmente, obedecendo à ordem que tão feroz e imperativamente lhe dera a caolha.

Ela o acompanhou, fechou com estrondo a porta, e vendo-se só, encostou-se cambaleante à parede do corredor e desabafou em soluços. O Antonico passou uma tarde e uma noite de angústia.

Na manhã seguinte o seu primeiro desejo foi voltar à casa; mas não teve coragem; via o rosto colérico da mãe, faces contraídas, lábios adelgaçados pelo ódio, narinas dilatadas, o olho direito saliente, a penetrar-lhe até o fundo do coração, o olho esquerdo arrepanhado, murcho - murcho e sujo de pus; via a sua atitude altiva, o seu dedo ossudo, de falanges salientes, apontando-lhe com energia a porta da rua; sentia-lhe ainda o som cavernoso da voz, e o grande fôlego que ela tomara para dizer as verdadeiras e amargas palavras que lhe atirara no rosto; via toda a cena da véspera e não se animava a arrostar com o perigo de outra semelhante.

Providencialmente, lembrou-se da madrinha, única amiga da caolha, mas que, entretanto, raramente a procurava.

Foi pedir-lhe que interviesse, e contou-lhe sinceramente tudo o que houvera.

A madrinha escutou-o comovida; depois disse:

- Eu previa isso mesmo, quando aconselhava tua mãe a que te dissesse a verdade inteira; ela não quis, aí está!

- Que verdade, madrinha?

Encontraram a caolha a tirar umas nódoas do fraque do filho - queria mandar-lhe a roupa limpinha. A infeliz se arrependera das palavras que dissera e tinha passado a noite à janela, esperando que o Antonico voltasse ou passasse apenas... Via o porvir negro e vazio e já se queixava de si! Quando a amiga e o filho entraram, ela ficou imóvel: a surpresa e a alegria amarraram-lhe toda a ação.

A madrinha do Antonico começou logo:

- O teu rapaz foi suplicar-me que te viesse pedir perdão pelo que houve aqui ontem e eu aproveito a ocasião para, à tua vista, contar-lhe o que já deverias ter-lhe dito!

- Cala-te! - murmurou com voz apagada a caolha.

- Não me calo! Essa pieguice é que te tem prejudicado! Olha, rapaz! Quem cegou a tua mãe foste tu!

O afilhado tornou-se lívido; e ela concluiu:

- Ah, não tiveste culpa! Eras muito pequeno quando, um dia, ao almoço, levantaste na mãozinha um garfo; ela estava distraída, e antes que eu pudesse evitar a catástrofe, tu o enterraste pelo olho esquerdo! Ainda tenho no ouvido o grito de dor que ela deu!

O Antonico caiu pesadamente de bruços, com um desmaio; a mãe acercou-se rapidamente dele, murmurando trêmula:

- Pobre filho! Vês? Era por isto que eu não queria dizer nada!

Negrinha

Monteiro Lobato

Negrinha era uma pobre órfã de sete anos. Preta? Não; fusca, mulatinha escura, de cabelos ruços e olhos assustados.

Nascera na senzala, de mãe escrava, e seus primeiros anos vivera-os pelos cantos escuros da cozinha, sobre velha esteira e trapos imundos. Sempre escondida, que a patroa não gostava de crianças.

Excelente senhora, a patroa. Gorda, rica, dona do mundo, amimada dos padres, com lugar certo na igreja e camarote de luxo reservado no céu. Entaladas as banhas no trono (uma cadeira de balanço na sala de jantar), ali bordava, recebia as amigas e o vigário, dando audiências, discutindo o tempo. Uma virtuosa senhora em suma – "dama de grandes virtudes apostólicas, esteio da religião e da moral", dizia o reverendo.

Ótima, a dona Inácia.

Mas não admitia choro de criança. Ai! Punha-lhe os nervos em carne viva. Viúva sem filhos, não a calejara o choro da carne de sua carne, e por isso não suportava o choro da carne alheia. Assim, mal vagia, longe, na cozinha, a triste criança, gritava logo nervosa:

– Quem é a peste que está chorando aí?

Quem havia de ser? A pia de lavar pratos? O pilão? O forno? A mãe da criminosa abafava a boquinha da filha e afastava-se com ela para os fundos do quintal, torcendo-lhe em caminho beliscões de desespero.

– Cale a boca, diabo!

No entanto, aquele choro nunca vinha sem razão. Fome quase sempre, ou frio, desses que entanguem pés e mãos e fazem-nos doer...

Assim cresceu Negrinha – magra, atrofiada, com os olhos eternamente assustados. Órfã aos quatro anos, por ali ficou feito gato sem dono, levada a pontapés. Não compreendia a ideia dos grandes. Batiam-lhe sempre, por ação ou omissão. A mesma coisa, o mesmo ato, a mesma palavra provocava ora risadas, ora castigos. Aprendeu a andar, mas quase não andava. Com pretextos de que às soltas reinaria no quintal, estragando as plantas, a boa senhora punha-a na sala, ao pé de si, num desvão da porta.

– Sentadinha aí, e bico, hein?

Negrinha imobilizava-se no canto, horas e horas.

– Braços cruzados, já, diabo!

Cruzava os bracinhos a tremer, sempre com o susto nos olhos. E o tempo corria. E o relógio batia uma, duas, três, quatro, cinco horas – um cuco tão engraçadinho! Era seu divertimento vê-lo abrir a janela e cantar as horas com a bocarra vermelha, arrufando as asas. Sorria-se então por dentro, feliz um instante.

Puseram-na depois a fazer crochê, e as horas se lhe iam a espichar trancinhas sem fim.

Que ideia faria de si essa criança que nunca ouvira uma palavra de carinho? Pestinha, diabo, coruja, barata descascada, bruxa, pata-choca, pinto gorado, mosca-morta, sujeira, bisca, trapo, cachorrinha, coisa-ruim, lixo – não tinha conta o número de apelidos com que a mimoseavam. Tempo houve em que foi a bubônica. A epidemia andava na berra, como a grande novidade, e Negrinha viu-se logo apelidada assim – por sinal que achou linda a palavra. Perceberam-no e suprimiram-na da lista. Estava escrito que não teria um gostinho só na vida – nem esse de personalizar a peste...

O corpo de Negrinha era tatuado de sinais, cicatrizes, vergões. Batiam nele os da casa todos os dias, houvesse ou não houvesse motivo. Sua pobre carne exercia para os cascudos, cocres e beliscões a mesma atração que o ímã exerce para o aço. Mãos em cujos nós de dedos comichasse um cocre, era mão que se descarregaria dos fluidos em sua cabeça. De passagem. Coisa de rir e ver a careta...

A excelente dona Inácia era mestra na arte de judiar de crianças. Vinha da escravidão, fora senhora de escravos – e daquelas ferozes, amigas de ouvir cantar o bolo e estalar o bacalhau. Nunca se afizera ao regime novo – essa indecência de negro igual a branco e qualquer coisinha: a polícia! "Qualquer coisinha": uma mucama assada ao forno porque se engraçou dela o senhor; uma novena de relho porque disse: "Como é ruim, a sinhá!" ...

O 13 de Maio tirou-lhe das mãos o azorrague, mas não lhe tirou da alma a gana. Conservava Negrinha em casa como remédio para os frenesis. Inocente derivativo:

– Ai! Como alivia a gente uma boa roda de cocres bem fincados!...

Tinha de contentar-se com isso, judiaria miúda, os níqueis da crueldade. Cocres: mão fechada com raiva e nós de dedos que cantam no coco do paciente. Puxões de orelha: o torcido, de despegar a concha (bom! bom! bom! gostoso de dar) e o a duas mãos, o sacudido. A gama inteira dos beliscões: do miudinho, com a ponta da unha, à torcida do umbigo, equivalente ao puxão de orelha. A esfregadela: roda de tapas, cascudos, pontapés e safanões a uma – divertidíssimo! A vara de marmelo, flexível, cortante: para "doer fino" nada melhor!

Era pouco, mas antes isso do que nada. Lá de quando em quando vinha um castigo maior para desobstruir o fígado e matar as saudades do bom tempo. Foi assim com aquela história do ovo quente.

Não sabem! Ora! Uma criada nova furtara do prato de Negrinha – coisa de rir – um pedacinho de carne que ela vinha guardando para o fim. A criança não sofreou a revolta – atirou-lhe um dos nomes com que a mimoseavam todos os dias.

– "Peste?" Espere aí! Você vai ver quem é peste – e foi contar o caso à patroa.

Dona Inácia estava azeda, necessitadíssima de derivativos. Sua cara iluminou-se.

– Eu curo ela! – disse, e desentalando do trono as banhas foi para a cozinha, qual perua choca, a rufar as saias.

– Traga um ovo.

Veio o ovo. Dona Inácia mesmo pô-lo na água a ferver; e de mãos à cinta, gozando-se na prelibação da tortura, ficou de pé uns minutos, à espera. Seus olhos contentes envolviam a mísera criança que, encolhidinha a um canto, aguardava trêmula alguma coisa de nunca visto. Quando o ovo chegou a ponto, a boa senhora chamou:

– Venha cá!

Negrinha aproximou-se.

– Abra a boca!

Negrinha abriu aboca, como o cuco, e fechou os olhos. A patroa, então, com uma colher, tirou da água "pulando" o ovo e zás! na boca da pequena. E antes que o urro de dor saísse, suas mãos amordaçaram-na até que o ovo arrefecesse. Negrinha urrou surdamente, pelo nariz. Esperneou. Mas só. Nem os vizinhos chegaram a perceber aquilo. Depois:

– Diga nomes feios aos mais velhos outra vez, ouviu, peste?

E a virtuosa dama voltou contente da vida para o trono, a fim de receber o vigário que chegava.

– Ah, monsenhor! Não se pode ser boa nesta vida... Estou criando aquela pobre órfã, filha da Cesária – mas que trabalheira me dá!

– A caridade é a mais bela das virtudes cristas, minha senhora –murmurou o padre.

– Sim, mas cansa...

– Quem dá aos pobres empresta a Deus.

A boa senhora suspirou resignadamente.

– Inda é o que vale...

Certo dezembro, vieram passar as férias com Santa Inácia duas sobrinhas suas, pequenotas, lindas meninas louras, ricas, nascidas e criadas em ninho de plumas.

Do seu canto na sala do trono, Negrinha viu-as irromperem pela casa como dois anjos do céu – alegres, pulando e rindo com a vivacidade de cachorrinhos novos. Negrinha olhou imediatamente para a senhora, certa de vê-la armada para desferir contra os anjos invasores o raio dum castigo tremendo.

Mas abriu a boca: a sinhá ria-se também... Quê? Pois não era crime brincar? Estaria tudo mudado – e findo o seu inferno – e aberto o céu? No enlevo da doce ilusão, Negrinha levantou-se e veio para a festa infantil, fascinada pela alegria dos anjos.

Mas a dura lição da desigualdade humana lhe chicoteou a alma. Beliscão no umbigo, e nos ouvidos, o som cruel de todos os dias: "Já para o seu lugar, pestinha! Não se enxerga"?

Com lágrimas dolorosas, menos de dor física que de angústia moral –sofrimento novo que se vinha acrescer aos já conhecidos – a triste criança encorujou-se no cantinho de sempre.

– Quem é, titia? – perguntou uma das meninas, curiosa.

– Quem há de ser? – disse a tia, num suspiro de vítima. – Uma caridade minha. Não me corrijo, vivo criando essas pobres de Deus... Uma órfã. Mas brinquem, filhinhas, a casa é grande, brinquem por aí afora.

– Brinquem! Brincar! Como seria bom brincar! – refletiu com suas lágrimas, no canto, a dolorosa martirzinha, que até ali só brincara em imaginação com o cuco.

Chegaram as malas e logo:

– Meus brinquedos! – reclamaram as duas meninas.

Uma criada abriu-as e tirou os brinquedos.

Que maravilha! Um cavalo de pau!... Negrinha arregalava os olhos. Nunca imaginara coisa assim tão galante. Um cavalinho! E mais... Que é aquilo? Uma criancinha de cabelos amarelos... que falava "mamã" ... que dormia...

Era de êxtase o olhar de Negrinha. Nunca vira uma boneca e nem sequer sabia o nome desse brinquedo. Mas compreendeu que era uma criança artificial.

– É feita?... – perguntou, extasiada.

E dominada pelo enlevo, num momento em que a senhora saiu da sala a providenciar sobre a arrumação das meninas, Negrinha esqueceu o beliscão, o ovo quente, tudo, e aproximou-se da criatura de louça. Olhou-a com assombrado encanto, sem jeito, sem ânimo de pegá-la.

As meninas admiraram-se daquilo.

– Nunca viu boneca?

– Boneca? – repetiu Negrinha. – Chama-se Boneca?

Riram-se as fidalgas de tanta ingenuidade.

– Como é boba! – disseram. – E você como se chama?

– Negrinha.

As meninas novamente torceram-se de riso; mas vendo que o êxtase da bobinha perdurava, disseram, apresentando-lhe a boneca:

– Pegue!

Negrinha olhou para os lados, ressabiada, como coração aos pinotes. Que ventura, santo Deus! Seria possível? Depois pegou a boneca. E muito sem jeito, como quem pega o Senhor menino, sorria para ela e para as meninas, com assustados relances de olhos para a porta. Fora de si, literalmente... era como se penetrara no céu e os anjos a rodeassem, e um filhinho de anjo lhe tivesse vindo adormecer ao colo. Tamanho foi o seu enlevo que não viu chegar a patroa, já de volta. Dona Inácia entreparou, feroz, e esteve uns instantes assim, apreciando a cena.

Mas era tal a alegria das hóspedes ante a surpresa extática de Negrinha, e tão grande a força irradiante da felicidade desta, que o seu duro coração afinal bambeou. E pela primeira vez na vida foi mulher. Apiedou-se.

Ao percebê-la na sala Negrinha havia tremido, passando-lhe num relance pela cabeça a imagem do ovo quente e hipóteses de castigos ainda piores. E incoercíveis lágrimas de pavor assomaram-lhe aos olhos.

Falhou tudo isso, porém. O que sobreveio foi a coisa mais inesperada do mundo – estas palavras, as primeiras que ela ouviu, doces, na vida:

– Vão todas brincar no jardim, e vá você também, mas veja lá, hein?

Negrinha ergueu os olhos para a patroa, olhos ainda de susto e terror. Mas não viu mais a fera antiga. Compreendeu vagamente e sorriu.

Se alguma vez a gratidão sorriu na vida, foi naquela surrada carinha...

Varia a pele, a condição, mas a alma da criança é a mesma – na princesinha e na mendiga. E para ambos é a boneca o supremo enlevo. Dá a natureza dois momentos divinos à vida da mulher: o momento da boneca – preparatório –, e o momento dos filhos – definitivo. Depois disso, está extinta a mulher.

Negrinha, coisa humana, percebeu nesse dia da boneca que tinha uma alma. Divina eclosão! Surpresa maravilhosa do mundo que trazia em si e que desabrochava, afinal, como fulgurante flor de luz. Sentiu-se elevada à altura de ente humano. Cessara de ser coisa – e doravante ser-lhe-ia impossível viver a vida de coisa. Se não era coisa! Se sentia! Se vibrava!

Assim foi – e essa consciência a matou.

Terminadas as férias, partiram as meninas levando consigo a boneca, e a casa voltou ao ramerrão habitual. Só não voltou a si Negrinha. Sentia-se outra, inteiramente transformada.

Dona Inácia, pensativa, já a não atazanava tanto, e na cozinha uma criada nova, boa de coração, amenizava-lhe a vida.

Negrinha, não obstante, caíra numa tristeza infinita. Mal comia e perdera a expressão de susto que tinha nos olhos. Trazia-os agora nostálgicos, cismarentos.

Aquele dezembro de férias, luminosa rajada de céu trevas adentro do seu doloroso inferno, envenenara-a.

Brincara ao sol, no jardim. Brincara!... Acalentara, dias seguidos, a linda boneca loura, tão boa, tão quieta, a dizer mamã, a cerrar os olhos para dormir. Vivera realizando sonhos da imaginação. Desabrochara-se de alma.

Morreu na esteirinha rota, abandonada de todos, como um gato sem dono. Jamais, entretanto, ninguém morreu com maior beleza. O delírio rodeou-a de bonecas, todas louras, de olhos azuis. E de anjos... E bonecas e anjos remoinhavam-lhe em torno, numa farândola do céu. Sentia-se agarrada por aquelas mãozinhas de louça – abraçada, rodopiada.

Veio a tontura; uma névoa envolveu tudo. E tudo regirou em seguida, confusamente, num disco. Ressoaram vozes apagadas, longe, e pela última vez o cuco lhe apareceu de boca aberta.

Mas, imóvel, sem rufar as asas.

Foi-se apagando. O vermelho da goela desmaiou...

E tudo se esvaiu em trevas.

Depois, vala comum. A terra papou com indiferença aquela carnezinha de terceira – uma miséria, trinta quilos mal pesados...

E de Negrinha ficaram no mundo apenas duas impressões. Uma cômica, na memória das meninas ricas.

– "Lembras-te daquela bobinha da titia, que nunca vira boneca?"

Outra de saudade, no nó dos dedos de dona Inácia.

– "Como era boa para um cocre!..."

– "Como era boa para um cocre!..."

Gaetaninho

Alcântara Machado

Xi, Gaetaninho, como é bom!

Gaetaninho ficou banzando bem no meio da rua. O Ford quase o derrubou e ele não viu o Ford. O carroceiro disse um palavrão e ele não ouviu o palavrão.

- Eh! Gaetaninho! Vem pra dentro.

Grito materno sim: até filho surdo escuta. Virou o rosto tão feio de sardento, viu a mãe e viu o chinelo.

- Súbito!

Foi-se chegando devagarinho, devagarinho. Fazendo beicinho. Estudando o terreno. Diante da mãe e do chinelo parou. Balançou o corpo. Recurso de campeão de futebol. Fingiu tomar a direita. Mas deu meia volta instantânea e varou pela esquerda porta adentro.

Êta salame de mestre!

Ali na Rua Oriente a ralé quando muito andava de bonde. De automóvel ou carro só mesmo em dia de enterro. De enterro ou de casamento. Por isso mesmo o sonho de Gaetaninho era de realização muito difícil. Um sonho.

O Beppino por exemplo. O Beppino naquela tarde atravessara de carro a cidade. Mas como? Atrás da tia Peronetta que se mudava para o Araçá. Assim também não era vantagem.

Mas se era o único meio? Paciência.

Gaetaninho enfiou a cabeça embaixo do travesseiro.

Que beleza, rapaz! Na frente quatro cavalos pretos empenachados levavam a tia Filomena para o cemitério. Depois o padre. Depois o Savério noivo dela de lenço nos olhos. Depois ele. Na boleia do carro. Ao lado do cocheiro. Com a roupa marinheira e o gorro branco onde se lia: ENCOURAÇADO SÃO PAULO. Não. Ficava mais bonito de roupa marinheira, mas com a palhetinha nova que o irmão lhe trouxera da fábrica. E ligas pretas segurando as meias. Que beleza rapaz! Dentro do carro o pai os dois irmãos mais velhos (um de gravata vermelha outro de gravata verde) e o padrinho Seu Salomone. Muita gente nas calçadas, nas portas e nas janelas dos palacetes, vendo o enterro. Sobretudo admirando o Caetaninho.

Mas Gaetaninho ainda não estava satisfeito. Queria ir carregando o chicote. O desgraçado do cocheiro não queria deixar. Nem por um instantinho só.

Gaetaninho ia berrar, mas a tia Filomena com a mania de cantar o "Ahi, Mari!" todas as manhãs o acordou.

Primeiro ficou desapontado. Depois quase chorou de ódio.

Tia Filomena teve um ataque de nervos quando soube do sonho de Gaetaninho. Tão forte que ele sentiu remorsos. E para sossego da família alarmada com o agouro tratou logo de substituir a tia por outra pessoa numa nova versão de seu sonho. Matutou, matutou, e escolheu o acendedor da Companhia de Gás, Seu Rubino, que uma vez lhe deu um cocre danado de doído.

Os irmãos (esses) quando souberam da história resolveram arriscar de sociedade quinhentão no elefante. Deu a vaca. E eles ficaram loucos de raiva por não haverem logo adivinhado que não podia deixar de dar a vaca mesmo.

O jogo na calçada parecia de vida ou morte. Muito embora Gaetaninho não estava ligando.

- Você conhecia o pai do Afonso, Beppino?

- Meu pai deu uma vez na cara dele.

- Então você não vai amanhã no enterro. Eu vou!

O Vicente protestou indignado:

- Assim não jogo mais! O Gaetaninho está atrapalhando!

Gaetaninho voltou para o seu posto de guardião. Tão cheio de responsabilidades.

O Nino veio correndo com a bolinha de meia. Chegou bem perto. Com o tronco arqueado, as pernas dobradas, os braços estendidos, as mãos abertas, Gaetaninho ficou pronto para a defesa.

- Passa pro Beppino!

Beppino deu dois passos e meteu o pé na bola. Com todo o muque. Ela cobriu o guardião sardento e foi parar no meio da rua.

- Vá dar tiro no inferno!

- Cala a boca, palestrino!

- Traga a bola!

Gaetaninho saiu correndo. Antes de alcançar a bola um bonde o pegou. Pegou e matou.

No bonde vinha o pai do Gaetaninho.

A gurizada assustada espalhou a notícia na noite.

- Sabe o Gaetaninho?

- Que é que tem?

- Amassou o bonde!

A vizinhança limpou com benzina suas roupas domingueiras.

Às dezesseis horas do dia seguinte saiu um enterro da Rua do Oriente e Gaetaninho não ia na boleia de nenhum dos carros do acompanhamento. Ia no da frente dentro de um caixão fechado com flores pobres por cima. Vestia a roupa marinheira, tinha as ligas, mas não levava a palhetinha.

Quem na boleia de um dos carros do cortejo mirim exibia soberbo terno vermelho que feria a vista da gente era o Beppino.

www.ingramcontent.com/pod-product-compliance
Ingram Content Group UK Ltd.
Pitfield, Milton Keynes, MK11 3LW, UK
UKHW021939190726
13853UKWH00004B/1534

9 786599 154928